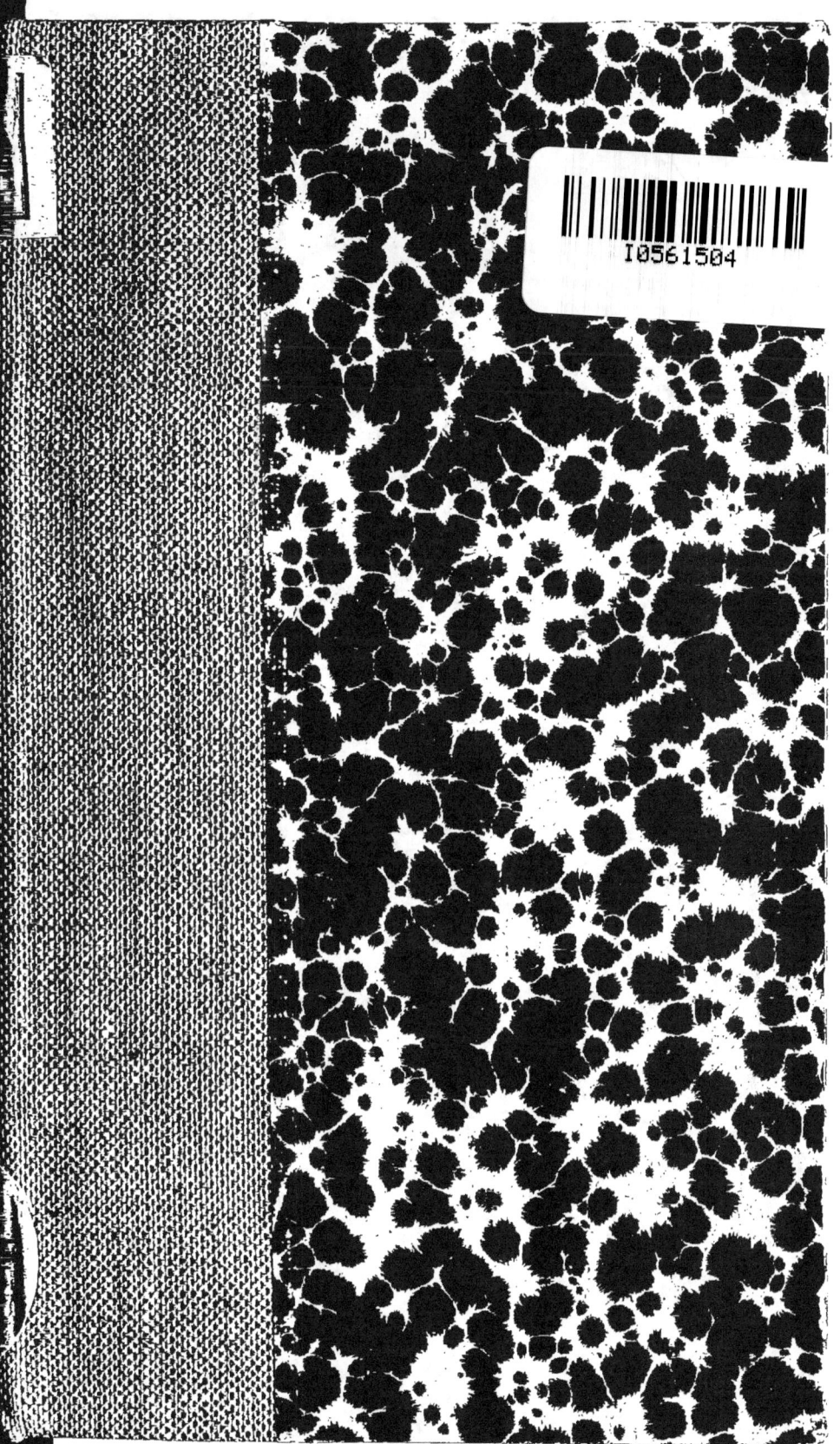

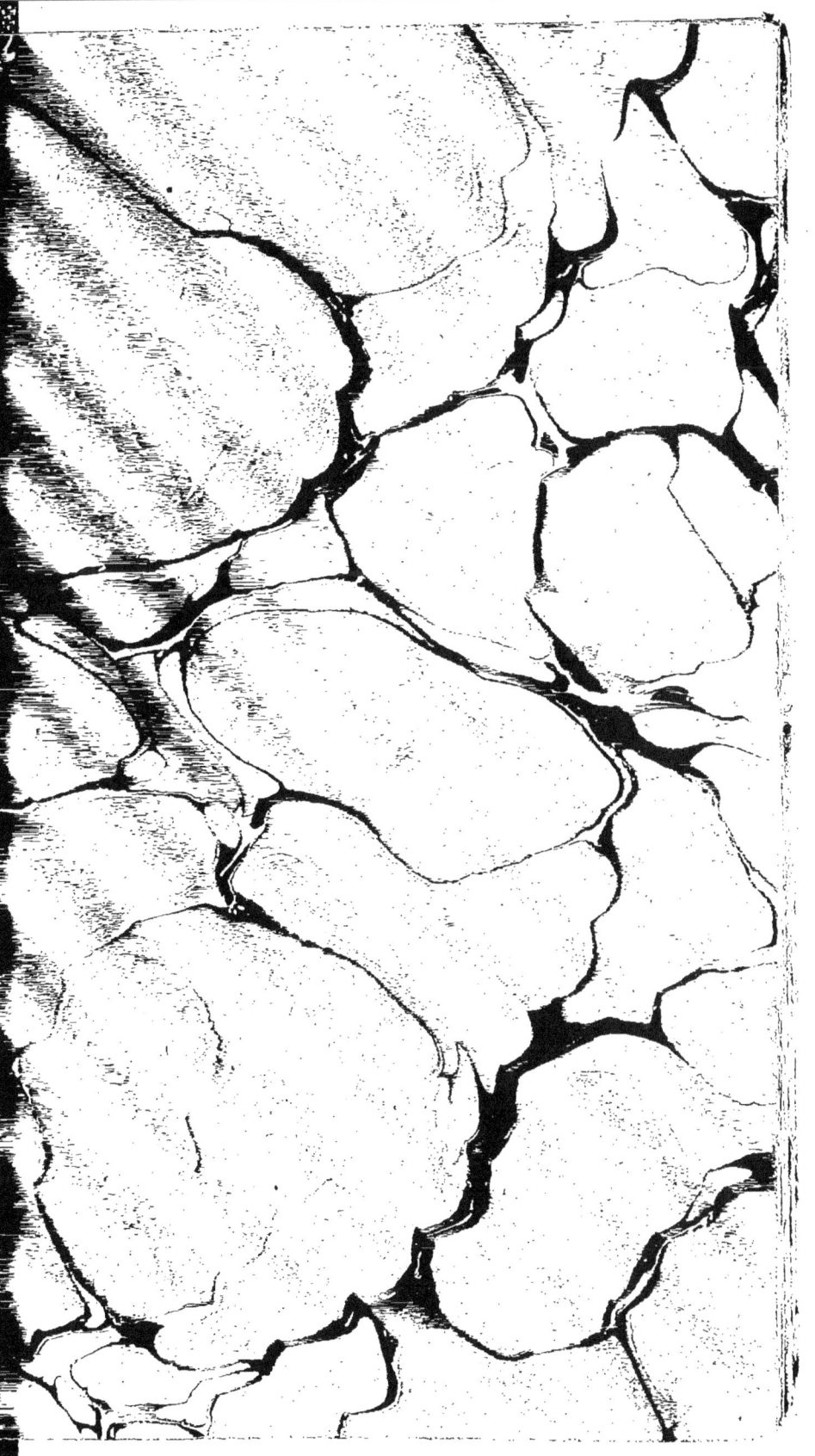

LE
GENTILHOMME
NORMAND.

AMIENS, DE L'IMPRIMERIE DE J. BOUDON-CARON,
PLACE DE LA MAIRIE, N°. 6.

LE

GENTILHOMME

NORMAND,

Par Raban.

TOME PREMIER.

PARIS,

A. Thoisnier-Desplaces, Libraire,

rue de l'Abbaye-St.-Germain, n°. 14.

1829.

AVERTISSEMENT.

CET ouvrage, lecteur, vous vous en apercevrez sans doute, n'est pas écrit d'hier; j'étais encore sous les verroux lorsque je mis la dernière main à ces quatre petits volumes. J'espère pourtant que leur origine ne vous les rendra pas suspects; j'espère que mon libraire débitera tranquillement cette légère et inoffensive production; j'espère que les gens bien pen-

sans me liront désormais sans
se mettre en colère ; j'espère
que ceux qui pensent mal seront, en me lisant, ramenés
dans la bonne voie; j'espère
que les journalistes dont quelques uns sont mes amis, ce que
je vous dis en confidence, fe-
ront l'éloge de mon livre, et
j'espère enfin que, le public
prenant leurs articles pour argent comptant, nous arrive-
rons, Dieu aidant, à une seconde, troisième, voire même
quatrième édition.

Comme une foule de bonnes gens sont aujourd'hui persuadés qu'un *roman* ne peut être qu'une œuvre de ténèbres, je me crois dans la nécessité de déclarer que ceci n'est point un *roman*. Qu'est-ce donc? direz-vous. -- Ma foi, lecteur, c'est tout ce que vous voulez, pourvu que vous ne veuillez pas que ce soit un roman; car, voyez-vous, j'ai promis depuis long-temps de n'en plus faire, et je sais qu'il y a par le monde bon nombre de mauvaises langues qui répandent le bruit que j'en ferai encore.

Quoi qu'il en soit, pour ne point laisser de prétextes à ces bouches toujours ouvertes pour calomnier, je déclare que je n'ai jamais eu l'intention d'outrager la religion de l'état dans laquelle je suis né, et que je respecte infiniment ; que non-seulement le reproche d'athéisme que l'on m'a fait est mal fondé, mais que j'ai les athées en horreur ; que je tiens l'Évangile pour un livre divin

que bien des gens n'ont pas
assez lu , et que je ne me lasse
pas de relire ; que si je me suis
autrefois permis quelques li-
cences en morale , c'est que je
les ai cru innocentes ; enfin , je
déclare hautement que je suis
ami de l'ordre ; que je n'ai jamais
tenté de le troubler , et que je
suis , au contraire, très-disposé
à le faire respecter.

Au reste , lecteur , il ne tient
qu'à vous de diminuer consi-
dérablement le nombre de mes
ennemis : publiez partout que

je suis maintenant un saint
homme ; comme on finit par
croire ce que l'on entend souvent répéter, il n'y a pas de
raison pour que vous ne fassiez
quelque jour porter mon nom
sur la sainte légende ; et si par
votre crédit vous me faites ou-
vrir les portes du ciel.... Lecteur, mon ami, je ne vous dis
que ça!!!

LE
GENTILHOMME
NORMAND.

●●●●●●●●●●●●●●●●●●●●●●●●●●●●●●●●

CHAPITRE PREMIER.

LA NOCE INTERROMPUE.

LE jour va finir, deux violons et
un tambourin font retentir l'air de
leurs sons discordans, mais joyeux.
Une quarantaine de paysans et de
paysannes se trémoussent de leur
mieux dans la cour du château Mai-

gret, et chacun d'eux a le bon esprit de croire qu'il s'amuse beaucoup.

Laurent et la grosse Marianne sont les héros de la fête; il composent à eux seuls tout le domestique de Chrysostôme du Maigret; et ce sont leurs noces que l'on célèbre. On venait tant bien que mal, d'achever la troisième contredanse; les écuelles de cidre circulaient parmi la bande joyeuse, lorsque la voix grêle de M. Chrysostôme se fait entendre : il appelle Laurent, et le pauvre marié qui pour la première fois allait danser avec sa femme, est forcé de quitter le bal pour se rendre près de son noble maître.

— Laurent, mets le cheval à la cariole.

—Oh! soyez tranquille, monsieur,

les gens de la noce s'en iront bien à pied.

— Je le sais ; mais ce n'est pas de cela qu'il s'agit.

— Comment! Est-ce que par hasard il vous prendrait la fantaisie.....

— Point d'observations, mets le cheval à la cariole et prépare-toi à me suivre.

— Vous suivre..... c'est-à-dire...... c'est selon : il faut savoir où vous allez.

— Je vais à Paris.

— Par exemple, c'est trop fort..... le jour de mes noces!.... au moment où j'allais faire danser Marianne qui en meurt d'envie, partir pour Paris... trente lieues d'ici........ Passer la nuit sur la grande route , tandis que Marianne..... et le lit neuf qui nous tend

les bras ! et ma femme qui m'a déjà
dit trois fois qu'elle avait la migraine.
Pour la danse , passe encore, Marianne ne manquera pas de trouver à
qui parler , mais pour ce qui est de....
là... vous sentez bien, monsieur.... on
ne se marie pas tous les jours.

— N'es-tu pas marié maintenant ?

— Marié , c'est-à-dire, marié si
l'on veut...... demandez plutôt à Marianne ; elle vous dira qu'il y a encore
à remplir une formalité *conséquente*.

— En ce cas. Laurent , tu rempliras
cette formalité lorsque nous serons
revenus de Paris.

— Mais , monsieur, vous n'y pensez pas ; toutes les femmes vous di-
ront que cela se fait le jour même.

— Tu crois, Laurent ?

— J'en suis sûr , monsieur, les dé-

lais sont très-dangereux en pareil cas ;
il n'en faut pas davantage pour troubler la paix du ménage. Puisque vous
voulez absolument aller à Paris, at-
tendez au moins à demain.

— Je suis bien aise de tout ce que
tu me dis, mon ami : cela me servira ;
car tu sauras que je vais me marier
aussi ; je vais à Paris tout exprès pour
cela ; mais il est important que je
parte ce soir : tout ce que je puis faire
pour toi, c'est de t'accorder une heure
de répit, pendant laquelle tu pourras
remplir la formalité dont Marianne
fait tant de cas.

— C'est votre dernier mot ?

— Laurent, tu commences à m'im-
patienter : songe que les gens de ma
condition aiment à être obéis.

— Je ne dis pas le contraire ; mais

parce que vous êtes seigneur du château Maigret ; que vous avez un cheval de quinze ans dans votre écurie,
et un équipage d'osier à votre dispo-
sition, ça ne vous donne pas le droit
de faire courir un honnête garçon la
première nuit de ses noces.

— Je te dis que je t'accorde une
heure.

— La belle grâce que vous me
faites là...... je voudrais vous y voir,
vous !..... une heure pour danser avec
sa femme, la guérir d'une migraine
et puis...... écoutez donc, monsieur,
je suis jeune, c'est vrai ; mais un
nouveau marié n'est pas de fer.

— Tu crois, Laurent ?

— Pardié, j'en sais bien quelque
chose.

— Tant mieux, mon garçon ; tâche

de ne pas l'oublier, et répète-le de temps en temps à ma future ; c'est une mesure de précaution qui ne peut pas nuire....... Six heures trente-cinq minutes...... Songe qu'à sept heures et demie je veux être sur la route de Paris.

— Il n'en démordra pas, murmurait Laurent en se dirigeant vers le bal.... Ce vieux fou ! quel répit lui prend ! se marier à cinquante-trois ans !.... Je suis bien sûr que si la première nuit de ses noces ne durait qu'une heure, il lui resterait terriblement de formalités à remplir le lendemain.

En parlant ainsi, Laurent arriva au milieu des danseurs ; il s'approcha de Marianne, qui faisait dans ce moment, la queue du chat avec son compère, et, l'arrêtant tout court, il lui dit à l'oreille : — Est-ce que tu n'as plus la migraine.

— Pas pour le moment; après la contredanse.

— Il ne sera plus temps.

— Qu'est-ce que tu dis donc-là ?

— Je dis que dans trois quarts d'heure, je serai sur la route de Paris, avec M. du Maigret, qui a le diable au corps, et qui part en cariole, pour aller se marier : il m'a donné une heure, pour causer avec toi.

— Ç'a n'est pas trop, reprit Marianne, car il me semble que tu dois avoir bien des choses à me dire.

— En ce cas, pas accéléré !....

Au même instant, le chef d'orchestre annonça la dernière figure, la contredanse finit, et tandis que les danseurs couraient remplir leurs cruches, les nouveaux époux s'esquivaient adroitement. Je vous dirais bien, chaste lecteur, quel fut le sujet de leur conversation, mais le moyen de consigner ici tous ces détails? On pourra me faire observer que le tableau du bonheur que goûtent deux époux, n'a rien d'immoral, que le mariage est un sacrement qui autorise et sanctifie les actions qui, dans un autre cas, seraient très-repréhensibles; je conviendrai de tout cela; mais je n'entrerai pas néanmoins dans de plus grands détails, relativement au tête à tête des deux époux, attendu d'ailleurs que leur conversation fut longue, et que *trop parler nuit*, ainsi qu'on me l'a déjà prouvé.

Cependant M. Chrysostôme avait

à trois reprises, consulté sa montre : le délai accordé à Laurent, était expiré depuis cinq minutes, et le nouveau marié ne paraissant pas, l'illustre seigneur du Maigret, se mit à l'appeler de toute la force de ses poumons.

— Laurent ! Laurent, criait-il, que diable fais-tu donc ? Il me paraît que tu prends les minutes pour des secondes.

— Marianne, dit le marié, n'as-tu rien entendu ? Il me semble que c'est la voix de M. du Maigret.... Je crois qu'il parle de second.

— C'est inutile, mon ami.

— Tu as raison, Marianne, les seconds sont inutiles, et s'il arrivait que.....

— Laurent! Laurent! cria de nouveau M. Chrysostôme, si tu ne mets sur le champ Coco à la cariole, je te chasse.

Les cris de M. du Maigret avaient été entendus de la troupe joyeuse, qui dansait à quelques pas de là : les musiciens restèrent court au milieu de *Bonjour, mon ami Vincent;* les danseurs tournèrent les talons, et tout le monde accourut près du seigneur du lieu, qui, rouge de colère appelait Laurent de façon à s'écorcher le gosier.

— Qu'avez-vous donc, monseigneur ? s'écria-t-on de toutes parts.

Mais M. Chrysostôme était trop furieux pour pouvoir s'expliquer.

— Le maraud ! disait-il, le pendard ! il est capable de se marier jus-

qu'à demain, et à moins de crever
Coco, je ne pourrai l'être que le mardi de Pâques....

— Pardon, monsieur, dit Laurent
en mettant la tête à la lucarne de la
mansarde, dans laquelle il s'entrete-
nait avec sa femme, pardon; mais le
jour des noces, on peut bien s'oublier auprès de sa femme : une fois
n'est pas coutume.

— Comment, coquin! il y a plus
d'une heure que....

— Ça n'est pas trop, monseigneur,
dit la mariée, en mettant à son tour
le nez à la fenêtre.

— C'est bien honnête, dirent les
danseurs.

— Elle a raison, dirent les danseu-
ses, ça n'est pas trop...... un jour de
noces !.....

— Ne vous fâchez pas, monsieur, reprit Laurent; je n'ai plus qu'un mot à dire, et je vous mène au grand trot.

M. du Maigret ne concevait pas qu'après un si long entretien, on eût encore quelque chose à dire à sa femme; mais comme Laurent paraissait disposé à n'en rien rabattre, il prit le parti de se calmer, et d'attendre tranquillement qu'il plût à Marianne, de cesser la conversation. Pendant qu'il se promène en songeant aux plaisirs qui l'attendent à Paris, les danseurs achèvent de vider le tonneau, dont les a gratifiés le généreux Chrysostôme : les musiciens qui s'en aperçoivent rengaînent leurs instrumens, et bientôt le plus profond silence règne dans la cour du château. Enfin Laurent, faisant un dernier effort, s'arracha des bras de Marianne, donna à Coco un double picotin, et l'horloge du village sonnait neuf heures, lorsque l'équipage du seigneur Chrysostôme, fit retentir les vitraux de son antique manoir.

— En vérité, monsieur, je n'en reviens pas, disait Laurent, en allongeant de fréquens coups de fouet, à l'antique coursier de son maître ; est-il bien vrai que vous soyez décidé à vous marier ?

— Très-vrai, répondit monsieur Chrysostôme, dont la colère était calmée, très-vrai : voici la lettre qui m'annonce que la jeune personne ne désire rien plus ardemment, que de me donner sa main, et pour te convaincre de mon bonheur, je t'en ferais la lecture s'il faisait jour.

— Voici de la lumière, monsieur, reprit le curieux Laurent, en détachant de la voiture, la lanterne qui éclairait la marche.

Le seigneur du Maigret qui avait une petite dose de vanité assez raisonnable, mit aussitôt ses lunettes et lut :

« Mon cher du Maigret, vous sa-
» vez que j'ai une nièce charmante,
» mais ce que vous ne savez pas,
» c'est que cette jolie personne vous
» adore.....

LAURENT.

Il y a qu'elle vous adore ?.... Hue-ho ! Coco....

M. DU MAIGRET.

Sans doute, qu'y a-t-il de si extraordinaire ?

LAURENT.

Rien, monsieur, rien du tout ; vous
n'êtes certainement pas mal pour
votre âge.... hue donc, rosse !... et si
vous aviez ce qui vous manque, vous
trouveriez plus d'une femme qui dirait en vous voyant... Dia, ho ! vas-tu
nous verser !..... qui dirait : voilà un
beau brin d'homme tout de même.

M. DU MAIGRET.

Eh bien ! mon ami, voilà précisément ce qu'a dit ma future. Ecoute :
« ...... Oui , mon ami, elle vous
» adore, et ce qu'il y a d'extraordi-
» naire, c'est que cela l'a prise tout
» d'un coup ; voilà l'homme qu'il

» me faut ! s'est-elle écriée en voyant
» ton portrait; juge, mon ami, de
» l'effet que produira sur elle l'ori-
» ginal !.....

LAURENT.

Comment l'original !.... En route,
Coco..... votre ami vous appelle original ?

M. DU MAIGRET.

Quel mal y a-t-il à cela ?

LAURENT.

Je ne dis pas qu'il y ait du mal,
mais ça n'est pas trop honnête, et
vous savez aussi bien que moi, que
la vérité n'est pas toujours bonne à
dire.

M. DU MAIGRET.

Mais, mon ami, il y a bien plus de mérite à être un original qu'une copie.

LAURENT.

Je ne dis pas le contraire, mais je ne voudrais être ni l'un ni ni l'autre. C'est égal ; puisque ça vous arrange, va pour l'original... vous disiez donc...

M. Chrysostôme avait de nouveau braqué ses lunettes, et il se disposait à continuer sa lecture, lorsque Coco, privé du secours de la lanterne, fit un quart de conversion, quitta la bonne route sans s'en apercevoir, et versa dans un fossé l'équipage du noble seigneur du Maigret.

CHAPITRE II.

COCO EST MORT. — LE CAPORAL FÉMININ.

— Au secours! Au secours! criait M. du Maigret en faisant tous ses efforts pour sortir du bourbier dans lequel il était presque enterré ; ah! Laurent! ah! pendard, tu me le paieras, foi de gentilhomme!

— *Gentil*, monsieur, je ne dis pas le contraire, interrompit Laurent en tendant la main à son maître, vous

avez pu l'être autrefois ; mais dans ce
moment, c'est une autre paire de
manches.

— Misérable! oser jeter dans un
fossé bourbeux l'unique rejeton de
l'antique souche des du Maigret!....

— C'est votre faute, monsieur.

— C'est la tienne, coquin ; ne sa-
vais-tu pas que Coco était borgne ?

— Tenez, monsieur, ne parlez pas
de cela ; avant de quitter le château,
j'avais un pressentiment de ce qui arrive.... Empêcher un honnête garçon
de coucher avec sa femme la première nuit de ses noces! J'aurais parié
que cela devait vous porter malheur.

— Si jamais je recouvre mes droits,
je te fais pendre.

— Et moi, monseigneur, si vous

ne m'aidez un peu, je vous laisse coucher à la belle étoile.

Les nuits sont froides dans le mois d'avril ; le seigneur Chrysostôme, couvert de boue, trempé jusqu'aux os, et tremblant tout à la fois de peur et de froid, vit bien qu'il avait mal choisi son temps pour parler en suzerain : la menace de Laurent calma son noble courroux : réunissant leurs efforts, ils parvinrent à dégager Coco, et armés de la lanterne qui fort heureusement n'était pas éteinte, ils se dirigèrent vers un village que le chant de quelques coqs leur faisait présumer n'être pas éloigné. Le seigneur Chrysostôme était monté sur son malencontreux coursier, et Laurent portant la lanterne éclairait la marche.

— Voilà mon voyage retardé au

moins de vingt-quatre heures, disait
M. du Maigret en soupirant; que va
penser mon ami le baron de Bois-
clairet en ne me voyant pas venir? lui
qui me mande qu'il est important que
les bancs soient publiées demain afin
que tout soit terminé pour le lundi
de Pâques... La belle Eugénie croira
que je dédaigne sa main, et cela est
capable de causer une rupture.

— N'ayez donc pas peur, monsieur, cette demoiselle est trop pressée
de se marier pour le prendre sur ce
ton là, et puis, comme dit votre ami
dans sa lettre, quand elle aura vu l'o-
riginal....

— Tu crois, Laurent, que je lui
ferai impression?

— Pour ça, j'en suis sûr, je ga-

gerais qu'elle ne s'attend pas à tout ce
qui va lui arriver.

— C'est-à-dire, mon garçon, qu'elle
s'en doute bien un peu, puisqu'elle
a vu mon portrait chez son oncle.....
il est vrai que je n'avais que trente
ans lorsque je le fis faire, et qu'il y a
de cela vingt-deux ans et quelques
mois ; mais tout le monde s'accorde à
dire que je me suis très-bien conservé, et madame Denis, la femme du
percepteur des contributions, répétait
encore l'autre jour : Il est vraiment
charmant, ce monsieur du Maigret ;
il ne ne fait que croître et embellir.

— Embellir, monsieur, c'est possible à la rigueur, parce que il n'y a
qu'à voir les choses du beau côté ;
mais croître, c'est un peu fort.

— Tu crois, Laurent ?

— Sans doute, monsieur ; à moins pourtant que madame Denis n'eût voulu dire *en science*.

— C'est cela, mon ami, madame Denis a voulu dire *croître en science*......... la gaillarde sait bien de quoi je suis capable. Le vent est terriblement froid cette nuit !...... Est-ce que tu n'aperçois pas de maisons ?

— Je ne vois rien du tout, car la nuit est plus noire que le diable ; mais j'entends toujours le chant du coq, et c'est bon signe.

Ici les voyageurs se turent, et le silence ne fut plus interrompu que par les hennissemens de Coco et l'agitation du seigneur Chrysostôme qui tremblait d'une manière effrayante. On marcha encore pendant un quart d'heure, après quoi Laurent qui for-

mait à lui seul l'avant-garde, recon-
nut qu'il était près d'une ferme! Il se
tourne vers son maître pour lui annoncer cette bonne nouvelle, mais au
moment où il il ouvrait la bouche, un
qui vive prononcé d'une voix de sten-
tor vint lui couper la parole : Coco
s'arrêta tout court; monsieur du Maigret trembla plus fort qu'auparavant
et Laurent fit plus de dix pas rétro-
grades.

— Qu'est-ce que cela veut dire,
Laurent? est-ce que nous sommes en
pays ennemi ?

— Je n'en sais rien, monsieur ; il
me semble voir briller des baïonnettes.

— Des baïonnettes, Laurent!......
ah! mon ami, nous sommes perdus!

— Ça n'est pas étonnant, puisque

nous avons marché sans voir notre
chemin.

Ici, un nouveau *qui vive* se fit entendre.

— Répondez-donc, monsieur,
dit Laurent en reculant encore.

— Que veux-tu que je réponde ?

— On demande qui vive, eh bien
répondez : *Bourgeois*.

— Comment bourgeois !..... tu n'y
penses pas, mon garçon : un homme
de ma condition, se faire passer pour
un bourgeois ! cela serait capable de
me perdre de réputation, et de me
faire montrer au doigt par toute la
noblesse de la province.

— Vous aimez donc mieux que l'on
nous arrête ?

— Non, parbleu ; mais je veux

leur dire qui je suis : tu verras que cela leur imposera.

.. Monsieur du Maigret parlait encore lorsqu'un troisième *qui vive* vint frapper ses oreilles et faillit lui faire perdre les arçons : il parvint pourtant à se remettre un peu, et d'une voix chevrotante il répondit : — Mon ami, on voit bien que vous n'êtes pas accoutumé à parler à des gens de condition, autrement vous sauriez qu'on ne doit pas les interpeller de la sorte ; cependant je veux bien vous apprendre que je suis gentilhomme ; que je me nomme Chrysostôme du Maigret ; que je puis prouver seize quartiers bien comptés, et..........

En cet endroit du discours du seigneur Chrysostôme, un coup de feu partit ; Coco atteint d'une balle, tomba sans mouvement, et entraîna dans sa chute son noble maître, qui se mit à crier encore plus fort qu'il n'avait fait dans le fossé bourbeux, tandis que Laurent, presque aussi effrayé que M. du Maigret, se sauvait à toutes jambes, sans savoir de quel côté il se dirigeait; de sorte qu'au lieu de s'éloigner des gens qui venaient de manifester des intentions si hostiles, il se trouva bientôt au milieu d'une centaine de paysans armés, que le coup de fusil de la sentinelle avait attirés.

Ceci a besoin d'explication. Le lecteur se rappelle sans doute que plusieurs départemens furent naguère successivement ravagés par de nombreux incendies, qui ne pouvaient être attribués qu'à la malveillance, et

qui ne cessèrent, que lorsque toute
la population courut aux armes : dans
plusieurs villages, on avait organisé
un service régulier, auquel les femmes elles-mêmes participaient. C'é-
tait précisément à des soldats de ce
genre, que nos personnages avaient
affaire. La sentinelle qui avait fait feu,
était courageusement restée à son
poste, où un nombreux détachement
se rendit au pas de course.

— Ah ! coquin, dit le comman-
dant du détachement, tu ne nieras
pas, j'espère ! te voilà pris sur le
fait !.....

— De quel fait parlez-vous donc ?

— Comment de quel fait ! et cette
lanterne que tu portes-là !.....

— Eh bien ! cette lanterne, est-ce
qu'elle vous doit quelque chose.

— Mes amis, dit le caporal, qui était la sage-femme du lieu, puisqu'il a le front de nier son crime, il ne faut pas le ménager : je me charge de l'interroger, chaque fois qu'il ne répondra pas juste, vous m'entendez... ferme sur la chanterelle ! redressez-lui les épaules de la bonne façon, et je vous réponds qu'il finira par dire la vérité : Qui es-tu ? D'où viens-tu ? Où vas-tu ? Pourquoi portes-tu une lanterne ? Que viens-tu faire dans ce pays ? Pourquoi n'as-tu pas répondu au *qui vive ?* Pourquoi courais-tu si fort, quand nous t'avons arrêté ? Pourquoi... pourquoi... pourquoi?... réponds donc, coquin, et dis la vérité, ou sinon.....

— Ah ! bon dieu ! quel déluge de pourquoi !.... Si vous voulez que je

vous réponde, laissez-moi au moins
le temps de placer un mot. Puisque
c'est la vérité qu'il vous faut, ça ne
sera pas difficile : voilà le fin mot : je
me nomme Laurent Canclaux ; je
suis l'homme de confiance, le valet
de chambre, le concierge, le cuisi-
nier, l'intendant, le jardinier, de l'illustre seigneur Chrysostôme du Maigret, gentilhomme s'il en fut jamais,
comme vous pourrez vous en assurer ; car cet excellent seigneur, repose
en ce moment au beau milieu d'un
bourbier, situé à trente pas d'ici....

— Que diable nous rabâches-tu
là ? reprit le caporal féminin.

— Foi d'honnête garçon, madame
la capitaine, je n'ai pas l'envie de
vous en conter. Imaginez-vous qu'il
y a à Paris une jeune fille qui veut se

marier ; ça lui a pris comme une envie de .....

— Elle a raison cette jeunesse, interrompit la caporale ; mais ça ne nous regarde pas, et ça ne t'empêchera pas d'être pendu , si tu ne réponds *à drame*.

— C'est bien aussi ce que je veux faire, et ça le serait déjà si vous m'aviez laissé dire : Il paraît que cette jeunesse a vu M. du Maigret sur une tabatière, il n'en a pas fallu davantage pour lui tourner la tête et elle a fait écrire à mon maître , qu'elle comptait sur lui pour....

— Elle a bien fait, cette jeunesse, interrompit de nouveau la matrone ; c'est si naturel ! mais ça ne nous regarde pas, *susum quinqué*, comme disait le chirurgien en chef, c'est-à-dire, *chacun son affaire.* Songe un peu à la tienne, ou garre les épaules!..

— Me voilà au bout. Elle fit donc écrire à mon maître, qu'elle comptait sur lui, pour remplir son vœu le plus ardent, et cette lettre-là arriva au moment où j'allais parapher mon contrat de mariage, avec la plus jolie fille du Maigret; ce qui fut cause que je n'eus pas le temps d'y mettre la dernière main, car M. Chrysostôme s'écria : ça arrive comme mars en carême ! c'est demain le samedi des rameaux et si la goutte me laisse tranquille pendant la semaine sainte, je pourrai offrir des œufs de Pâques à ma femme. Là-dessus, il m'ordonna de mettre Coco à la cariole, et nous partîmes du château, au grand déplaisir de ma femme, qui prenait tant

de goût à ma conversation, qu'elle
me fit répéter la dernière phrase,
quatre fois de suite. Comme il faisait
nuit, j'avais allumé la lanterne de la
voiture ; c'est elle que je porte encore, et Coco qui est une bonne bête, malgré ses quinze ans et son œil
de moins, Coco nous menait bon
train, lorsque à une demi-lieue d'ici,
il fit fausse route et nous versa dans
un fossé. C'était pour demander du
secours que nous venions ici, lorsque ce maudit coup de fusil, est ve-
nu nous mettre en déroute : mon
maître et son cheval sont tombés en
même temps ; je ne sais pas s'ils sont
morts ou en vie ; quant à moi qui suis
brave, dieu merci, je ne suis pas
tombé, bien au contraire ; mais j'ai
gagné au large, et je serais loin, si je

n'avais pas eu l'avantage d'être arrêté.

— Ça ne me paraît pas très-clair,
dit gravement le sergent.

— C'est vrai, répondit la caporale; il en dit trop long pour être
cru : cependant on peut aimer à parler et être un galant homme : c'est
peut-être sa femme qui l'a accoutumé
à ça....... une femme qui se fait répéter quatre fois...... elle est bien heu-
reuse !...... Les hommes aujourd'hui
sont si singuliers ! La voix leur manque tout d'un coup !.... Il y a plus de
quatre mois, que le mien n'a pu
achever un discours.

Quoiqu'il en soit, il ne faut pas re-
lâcher celui-ci ; si son affaire est
bonne , tant mieux pour lui, mais il
faut l'éclaircir : qu'il nous conduise

auprès de ce M. du Maigret, qui s'avise de courir en cariole après les filles de Paris : nous les conduirons ensuite chez M. le maire, et il en fera ce qu'il voudra.

Chacun applaudit au conseil de la matrone, qui se plaça en serre-file ; le sergent ordonna le pas accéléré, et la troupe guidée par Laurent, arriva bientôt au lieu où gissait sans connaissance et presque sans vie, l'illustre seigneur Chrysostôme. Coco fut le premier objet qui frappa les regards de Laurent.

— Pauvre bête, s'écria-t-il, moi qui l'ai vue si petite !...... elle n'était pas plus haute que cela, lorsqu'elle est entrée au service de M. du Maiaigret : après lui avoir fait sa litière, pendant plus de douze ans, faut-il

que je la voie mourir dans une or-
nière !...... Voyez pourtant où conduit
la vanité ! Si M. du Maigret avait répondu *bourgeois* tout court, au *qui
vive* de la sentinelle, Coco vivrait encore ! Je pourrais l'atteler de nouveau
à la cariole, et avec le secours d'un
picotin ou deux, M. Chrysostôme
pourrait encore, malgré quelques
heures de retard, offrir des œufs de
Pâques à sa femme. S'il n'est pas marié le jour dit, il ne pourra s'en prendre qu'à lui, et si sa future a de l'humeur, c'est qu'il l'aura voulu.....

— Qu'est-ce que tu dis donc là,
interrompit la caporale ; Quoi ! c'est
ce grand squelette qui va se marier?...
Quelle est donc la malheureuse qui
a le courage d'épouser un objet si

pointu ?.... Le pauvre homme ! ça ne
sera pas lui qui fera valoir les sages-
femmes : il faut semer pour récolter,
comme dit le proverbe. Cependant
on ne sait pas ce qui peut arriver : si
c'est une jeunesse, elle a peut-être
ses raisons.

Pendant que ce déluge de paroles
s'échappait de la bouche de la matrone, avec cette volubilité qui dis-
tingue les femmes de sa profession,
le seigneur Chrysostôme reprenait
peu à peu ses esprits : enfin il ouvrit
les yeux, regarda autour de lui, et
voyant une troupe de gens armés, il
fut sur le point de s'évanouir une seconde fois ; mais reconnaissant Laurent qui s'était approché de lui, il se
remit un peu, et finit par se lever.

— Dis-moi donc, Laurent, qu'est-
ce que tout cela signifie.

— Ça signifie, monsieur, que trop
parler nuit, que nous sommes prisonniers, et que Coco est mort.

— La pauvre bête !.....

— Et ça, parce qu'il vous a pris
la fantaisie de débiter votre chapelet
généalogique à une sentinelle !

— Taisez-vous, Laurent! l'honneur avant tout; je ne connais que
ça!..... Coco est mort, c'est malheureux; mais il a été tué sous le meilleur gentilhomme de la province, ça
doit le consoler.

— A la bonne heure; mais ça ne
nous empêche pas d'être prisonniers, ce qui n'est pas du tout conso-
lant.

— Ah ça ! qu'est-ce que tu dis

donc avec tes prisonniers?.... prisonniers de qui? s'il vous plaît.

— De nous, monsieur l'intrépide,
répondit la matrone.

— Il paraît, Laurent, que tu n'as
pas fait savoir à ces gens, que tu as
l'honneur d'appartenir à l'illustre descendant des.....

—Quand tu descendrais du diable,
ça ne t'empêcherait pas d'aller en prison, reprit la caporale, pour t'apprendre à répondre au *qui vive*. En
avant marche!...... la première ruelle
à gauche ; nous allons chez M. le
maire.

— Voyez pourtant, monsieur, dit
encore Laurent au seigneur Chrysostôme, voyez à quoi vous nous exposez
avec vos titres : c'est une belle chose
que d'être gentilhomme ; mais faites-

moi l'honneur de me dire à quoi ça sert ?

— Sois tranquille, mon garçon ; ces gaillards-là paieront cher leur insolence !.... ils seront bien sots quand ils verront à qui ils ont affaire !... C'est une aventure qui me fera le plus grand honneur, et lorsque la belle Eugénie saura ce qui m'arrive, elle rafollera de moi.

— Ça me fera une belle jambe, murmura Laurent...... En voilà-t-il du guignon !..... La première nuit de mes noces !.... Dieu sait quand nous reviendrons au château ; Marianne est capable de prendre de l'humeur, et une femme qui a de l'humeur est capable de tout... Faut avoir une fière tête pour supporter ça !....

Pendant que Laurent récapitulait

les désagrémens qu'il avait éprouvés, et ceux qui pouvaient suivre, le seigneur Chrysostôme, marchant d'un air grave, préparait un superbe discours dont il se proposait de régaler M. le maire, à la maison duquel on arriva bientôt.

CHAPITRE III.

M. RIBOULARD. — PENDEZ
TOUJOURS.

M. Riboulard était tout à la fois
l'unique aubergiste et le maire de sa
commune; il lui arrivait quelquefois
de marier les gens le matin et de pré-
parer le repas de noces deux heures
après : il dressait souvent un acte de
naissance après avoir baptisé son vin,
et il délivrait des passeports avec
beaucoup de zèle aux gens qui s'ar-
rangeaient de sa cariole pour faire

leurs voyages. M. Riboulard avait été un gaillard autrefois ; mais il avait maintenant passé la cinquantaine, et sans avoir précisément renoncé aux vanités et aux plaisirs du monde, il était devenu plus réservé. Ainsi, par exemple, il vidait volontiers quelques bouteilles du crû et entonnait encore de temps en temps un refrain grivois, ce qui ne nuisait en rien à la gravité magistrale avec laquelle il réglait les affaires de ses administrés. Quant à l'amour, M. Riboulard était hors de ses atteintes, et s'il lui arrivait de ressentir quelque velléité conjugale, cela était si rare, que Mme. Riboulard n'en parlait qu'en haussant les épaules.

Depuis deux heures ce couple intéressant était au lit ; Mme. Riboulard,

après s'être assurée que son époux
ronflait, avait en soupirant mis l'étei-
gnoir sur la chandelle : ne pouvant
dormir, elle pensait à la triste destinée des femmes qui ont des maris
dormeurs; elle méditait sur la déca-
dence des vertus conjugales, et sur les
difficultés d'éviter les embûches que
l'esprit malin ne cesse de tendre aux
épouses délaissées; enfin Mme. Riboulard pressentait avec effroi qu'elle
succomberait un jour sous les coups
que la négligence de son époux portait à sa chasteté, et elle frémissait
involontairement, lorsque la patrouille qui escortait nos malencontreux voyageurs vint frapper à coups
redoublés à la porte de l'auberge.

— M. Riboulard! M. Riboulard!

s'écria la chaste épouse du magistrat, réveillez-vous donc!

— Qu'est-ce que vous dites? m'amour, dit M. le maire en se frottant les yeux.

— Je dis qu'il est ridicule qu'un magistrat dorme à poings fermés lorsque......

— Vous avez raison, m'amour, c'est une vérité que je sais par cœur, car vous me la répétez tous les soirs.

— Il s'agit bien de cela....

— Laissez passer le carême, et vous verrez à Pâques..... ou à la Trinité.

— Je vous dis qu'il ne s'agit point de cela ; n'entendez-vous pas que l'on frappe à notre porte.

— Et bien! m'amour, laissez frapper.

— Votre devoir.....

— Il fera jour demain.

— Il faut remplir.....

— C'est fait, m'amour, trois seaux par feuillette.

— Cependant la sage-femme frappait de plus belle à la porte de l'auberge, qui ne pouvait résister longtemps encore aux coups de crosse qui se succédaient presque sans interruption. Mme. Riboulard, plus effrayée que jamais, parvient enfin à réveiller tant bien que mal son impassible mari, qui se levant en donnant au diable les importuns, mit la tête à la fenêtre pour s'informer de quoi il était question.

— M. le maire, dit la matrone, c'est des suspects que nous venons d'arrêter.

— Eh bien! mettez-les en prison.

— Mais, M. le maire, vous savez bien qu'il n'y a pas de prison ici.

— Que voulez-vous que j'y fasse?

— Ils n'ont pas répondu au *qui vive*.

— Ça n'est pas bien.

— Il a fallu tirer dessus.

— Ce sont des misérables.

— Ce qui fait qu'on a tué leur cheval.

— On a eu tort; il fallait le mettre en fourrière chez moi.... Laisser tuer leur cheval!... ils méritent la corde!...

— Ils avaient une lanterne...

— Vous avez raison, mes amis; *à la lanterne!*

— Une lanterne sourde, M. le maire.

— Pendez toujours!

Ces dernières paroles firent un tel effet sur M. du Maigret, qu'il oublia plus des trois quarts du discours qu'il avait préparé chemin faisant, et sur l'effet duquel il comptait tant; cependant, il conserva assez de force pour prononcer ces mots d'une voix tremblante :

— M. le maire, je me nomme Chrysostôme du Maigret, gentilhomme normand, descendant en ligne directe du barbier de Guillaume le conquérant, qui fit la queue aux anglais, et qui rasa leur armée à la bataille d'Astings.

— Qu'est-ce qu'il dit donc là ? m'amour, demanda M. Riboulard à sa grosse moitié.

— Je n'en sais rien, répondit Mme. Riboulard; mais c'est intéressant : il

parle de ligne droite , de queue et de
quinze, ça paraît *conséquent.* D'ailleurs, on ne peut pas juger les choses à vue de nez. Descendez, M. Riboulard , croyez-moi ; mettez votre
écharpe et montrez-vous. Il faut entendre les parties, avant de prononcer.

— Vous croyez que c'est absolument nécessaire ?

—Certainement, Point de mollesse
surtout !.... soyez ferme !

Soyez ferme, soyez ferme, vous
répétez toujours la même chose.....
soyez ferme, ça vous est bien aisé à
dire, vous Mme. Riboulard ! n'est-pas
ferme qui veut...... d'ailleurs nous ne
sommes pas à Pâques, et....

En parlant ainsi, M. le maire pas-
sait le vêtement nécessaire, enfon-

çait son bonnet de coton et se frottait les yeux. Cela terminé, il descendit, ouvrit la porte de son auberge où la patrouille et les prisonniers entrèrent aussitôt. Pendant que M. Riboulard battait le briquet, le seigneur Chrysostôme un peu remis, recomposait, tant bien que mal, le discours sur lequel il comptait, pour recouvrer sa liberté. Enfin, l'amadou prit; une chandelle fut allumée, M. le maire se plaça dans son fauteuil antique, et après avoir toisé de l'œil les étrangers, il procéda à leur interrogatoire.

— M. le Maire, répond Chrysostôme du Maigret, je suis noble.....

— J'en suis bien aise, mais qu'est-ce que ça prouve ?

— Cela prouve, M. le maire, que je ne puis être coupable de ce dont on m'accuse. Bien loin de vouloir mettre tout en feu, j'allais me marier, à la nièce de mon ami, le baron de Bois-clairet, qui m'attend avec la plus vive impatience ; c'est une jeune personne charmante, à ce qu'on assure, qui est folle de moi depuis que son oncle prend du tabac. Vous concevez, M. le maire, qu'il y aurait de la barbarie à retenir plus long-temps un hom-me destiné à faire le bonheur de la nièce d'un baron: observez encore, je vous prie, que le baron de Boisclai-ret, est le rejeton d'une souche pres-que aussi ancienne que la mienne. D'ailleurs, M. le Maire, je ne puis vous dissimuler que mon arrestation vous ferait le plus grand tort dans l'esprit des gens bien pensants. Vous sentez bien qu'un homme comme moi n'est pas vexé impunément, et entre gens de condition, on se doit des égards..... Combien comptez-vous de quartiers, M. le maire?

— Deux tout entiers, répondit M. Riboulard; un de veau et l'autre de mouton : le premier est rôti d'hier soir.....

— Que dites-vous donc ? M. le maire.

— Ce sera un excellent manger, je vous assure, d'ailleurs madame Riboulard, vous fera là dessus une sauce piquante de son crû....... soyez tranquille, votre affaire est excellente : vous n'aurez pas passé trois jours ici, que vous n'en voudrez plus sortir..... Vous mes enfants, je suis content de votre conduite; madame la caporale, allez vous coucher, maintenant je réponds du poste : ces gens-là ne sont pas coupables, et je suis très-fâché qu'on ait tué leur cheval.

M. du Maigret qui n'avait pu voir que la façade de la maison du maire était décorée d'une belle enseigne représentant les armes de France, M. du Maigret, dis-je, ne pouvait revenir de son étonnement; cependant, rassuré par la disparition de la force armée, il attendit patiemment l'explication de cette scène.

— Je vous avoue, mes amis, dit M. Riboulard, que vous avez pris le bon parti; maintenant il ne m'est plus permis de douter de votre innocence; car des gens qui viennent de commettre une mauvaise action, n'ont pas envie de souper...... Je raisonne, moi, voyez-vous, et c'est à force de

raisonner, que j'ai trouvé le moyen
de faire marcher de front la justice
et la cuisine. Je fais un mariage aussi
proprement qu'un salmi, et je tourne
un signalement, comme je fais une
fricassée..... Je ne vous demande que
dix minutes, pour faire lever Mme.
Riboulard, et vous verrez !...

À ces mots, M. le maire s'élança
vers l'escalier pour annoncer à sa
femme, que l'affaire était terminée et
que les accusés demandaient à souper.

— Sais-tu ce que tout cela veut dire,
Laurent ? s'écria M. du Maigret.

— Ça n'est pas difficile à deviner,
monsieur ; regardez autour de vous :
ces fourneaux, ces casseroles ; tout
cela ne vous dit-il rien ?

— Ah çà ! Laurent, est-ce que tu

vas aussi battre la campagne ? Que
diable veux-tu que des casseroles disent à un gentilhomme ?

— Ça doit vous dire, monsieur,
que nous sommes dans une auberge,
et que le maire et l'aubergiste ne font
qu'un.

— Tu n'y penses pas, mon ami !
Quoi ! un misérable aubergiste serait
maire, tandis que cette qualité, que
j'avais acquise par tant de sacrifices,
m'a été enlevée après six semaines
d'exercice !....

— Ça n'est pas étonnant, vous
vous obstiniez à mettre dans vos actes, *Paroisse* pour *Commune, Bail-
lage* pour *Canton* et *Province* pour
Département.

— Ne parle pas de cela, Laurent !
c'est une chose infâme, et tu sais bien

que ces mots inventés par l'esprit
malin, sont capables de me faire entrer en fureur.... Corbleu ! la peste
étouffe ces animaux qui ne trouvent
rien de bien que ce qu'ils font !.... Si
j'ai autrefois accepté la place de maire,
tu sais que c'est parce que l'on m'a-
vait promis que tout cela changerait,
et comme je n'avais pas aidé de mon
épée , les défenseurs de la bonne
cause, je voulais les seconder par mes
talents ; Dieu sait comment je fus re-
compensé !. .. Il ne faut pas brusquer
les choses, me disait-on ; il faut tout
attendre du temps : sous le prétexte
d'améliorer on *changera* ; cela sera
moins sensible, on ne s'en apercevra
pas, etc... Vit-on jamais une telle insolence ! pour qui me prenaient ces
gens-là ? un gentilhomme doit-il avoir

recours à la ruse ? ces moyens hon-
teux sont-ils dignes de son caractère?
Ces moyens là me sont étrangers ; ils
me le seront toujours ; j'aimerais
mieux voir s'écrouler la dernière
tourelle du château Maigret, que
d'en faire usage. Jamais je ne com-
poserai avec ma conscience. Je dirai
toujours, je veux, ou je ne veux pas.
Je ne dirai pas vive la monarchie
constitutionnelle, parce que je veux
la monarchie absolue, de même que
je n'ai pas dit naguère vive l'égalité ;
parce que je tenais à mes titres......
Qu'ils gardent leurs mairies, corbleu !
qu'ils gardent même leurs préfectu-
res ; à ce prix là je ne voudrais pas
être ministre ! Un Gentilhomme
doit marcher droit, je ne sors pas de
là !.....

M. du Maigret s'échauffait, jamais Laurent ne l'avait entendu parler avec tant de feu, et probablement le seigneur Chrysostôme ne se serait pas arrêté en si beau chemin, s'il n'eût été interrompu par M. et Mme. Riboulard, qui descendirent et s'occupèrent du souper que nos voyageurs n'avaient point commandé, mais qu'ils avaient plus d'une raison pour ne point refuser.

— Ma femme, s'écriait M. Riboulard en chargeant les fourneaux, songe que ce ne sont pas là des hôtes ordinaires ! ce sont de braves gentilshommes, la fine fleur de la province de Normandie.

— Bien, M. le maire, très-bien, dit le seigneur Chrysostôme, *Province de Normandie* : vous êtes de

la bonne école, et ces trois mots me
font bien voir tout ce que vous va-
lez.

—Comme vous dites, M. le gentilhomme, j'ai été à une bonne école
et mes enfants aussi; grâce à Dieu ils
sont tout les deux moniteurs à l'école
mutuelle de ma commune.

— Miséricorde! quel blasphême,
*moniteurs, école mutuelle, com-
mune!*........ Avez-vous donc appris
par cœur tout le vocabulaire infernal
de la révolution? Je vois bien que je
m'étais trompé sur votre compte, M.
Riboulard, et s'il faisait moins froid,
si Coco n'était pas mort et si vos gens
ne m'avaient arrêté, vous pourriez
bien garder votre quartier à la sauce
piquante : il ne faut pas moins que
toutes ces tribulations, pour m'enga-

ger à passer la nuit dans la maison d'un sans-culotte.

— Qu'appelez-vous, *sans-culotte!* s'écria Mme. Riboulard, en mettant ses poings sur ses hanches, apprenez que mon mari en a plus à lui seul, que tous les gentilshommes normands ensemble : ce n'est pas pour le vanter, voyez-vous, mais il en porte de toutes les couleurs, et il n'y a personne dans tout le canton qui puisse se flatter d'en avoir de plus belles. Dieu merci, tant que je m'appellerai Mme. Riboulard, il n'en manquera pas!

— Monsieur, monsieur, dit tout bas Laurent en s'approchant de son maître, voilà qui prend une vilaine tournure; si vous n'y faites attention, vous brouillerez les cartes et vous n'y

gagnerez rien; car ces gens là sont
les plus forts et par conséquent les
plus raisonnables. Songez en outre
que vous êtes mouillé jusqu'aux os ;
qu'à votre âge cela est très-dangereux, surtout lorsqu'on a la goutte ;
qu'il n'en faut pas davantage pour
vous donner une fluxion de poitrine
de la plus belle espèce, et qu'il serait
fort désagréable pour Mlle. Eugénie,
d'être veuve avant le Jeudi-Saint,
d'un original qu'elle doit épouser le
mardi de Pâques...... car enfin cette
aimable personne ne vous a vu jusqu'à présent, que sur le couvercle
d'une tabatière et vous conviendrez
qu'une femme de dix-huit ans ne peut
pas se contenter d'un mari en peinture.....

— Qu'est-ce qu'il dit donc là ? ce

grand flandrin, reprit Mme. Riboulard, en conservant son attitude hostile.

— Madame, répondit Laurent, je dis que vous parlez comme un ange ; que vous avez de l'esprit jusqu'au bout des ongles ; que c'est le fait d'une bonne épouse, de soutenir son mari, et que vous avez raison de vouloir que le vôtre porte les plus belles culottes possibles : on n'est pas maire pour rien, et c'est une belle chose que de donner le bon exemple. Le seigneur du Maigret, mon maître, est maintenant persuadé, que les culottes ne sont pas ce qui manque à M. Riboulard, et la preuve de cela, c'est qu'il le prie instamment de lui en prêter une en attendant que la sienne puisse sécher...

— Que dis-tu, Laurent ? Comment, tu voudrais que le meilleur gentilhomme de Normandie fasse à une culotte d'aubergiste, l'honneur de....

— Ma foi, monsieur, repliqua Laurent à demi-voix, si votre amour-propre met sans cesse des bâtons dans les roues, il n'y a pas de raison pour que nous arrivions à Paris ; car en supposant que le maire nous permette de continuer notre route, il est certain que l'humidité et le froid vous rendront malade : décidez-vous : il faut opter entre la fièvre et la culotte de M. Riboulard.

— Puisqu'il le faut absolument, répondit en soupirant M. du Maigret, arrange cela pour le mieux...... il faut bien céder à l'impérieuse nécessité ; mais je jure que cela ne m'arrivera plus..... je veux présenter cette culotte à la belle Eugénie comme la plus grande preuve d'amour que je puisse lui donner.

— Qu'est-ce qu'ils marmottent donc tous les deux ? dit Mme. Riboulard, qui n'avait pas quitté sa position ; est-ce que par hasard il ne voudrait pas.....

— Au contraire, madame, reprit Laurent, au contraire ; et pour vous prouver tout le cas qu'il fait de M. le maire, le seigneur Chrysostôme le prie de joindre à la culotte en question, la veste et l'habit, en échange desquels il vous laissera les vêtemens qu'il porte et qu'il ne reprendra qu'en rendant à M. le maire, ceux

qu'il accepte de lui. C'est un service,
au reste, que M. du Maigret saura
bien reconnaître, car il est généreux,
très-généreux.

— A la bonne heure, dit à son
tour M. Riboulard, voilà qui s'appelle raisonner, et cela me raccom-
mode avec vous : tel que vous me
voyez, je n'ai pas plus de rancune
qu'une poule, bien que je puisse me
vanter d'être le coq de la commune,
car j'ai dix bons arpens de terre qui
ne doivent rien à personne, trois chevaux dans mon écurie, et une auberge qui est tenue sur un fier pied,
sans que ça paraisse..... Pour ce qui
est de Mme. Riboulard, c'est à la sauce
piquante que vous allez la juger.

— Vous parlez comme un livre,

M. le maire, repliqua Laurent, et je puis vous assurer que M. du Maigret est enchanté de tout ce que vous dites. Pour ce qui est de vos chevaux, ce sont de bonnes bêtes dont nous faisons grand cas, et afin que vous n'en puissiez douter, nous vous en retenons deux, pour remplacer celui que vos gens nous ont tué. Vous nous conduirez à Paris, M. Riboulard, et vous vous en trouverez bien, car ainsi que j'ai eu l'honneur de vous le dire, le seigneur Chrysostôme est généreux.

— Vous m'avez l'air d'un bon enfant, vous, répondit le magistrat...... Ma femme, va à la cave, moi je vais chercher l'habillement complet que je garde pour les grandes occasions.

Ça vous ira comme un bas de soie.
Au petit jour je mets Javotte à votre
cariole, et je vous porte à Paris frais
comme père et mère.

CHAPITRE IV.

LA SAUCE PIQUANTE.

M. Riboulard avait apporté son habit des cérémonies; c'était un frac vert-d'eau, orné de larges boutons d'acier; une culotte de même étoffe, et un gilet de soie brodé, dans les poches duquel on pouvait aisément se cacher les bras jusqu'aux coudes. Ce ne fut pas sans hésiter long-temps, et sans livrer passage à d'énormes sou-

pirs, que le seigneur Chrysostôme
quitta ses vêtemens trempés, pour
revêtir l'habit de parade de M. le
maire : il ne pouvait penser sans
éprouver un terrible serrement de
cœur, à l'honneur qu'il rendait involontairement à la garde-robe d'un
misérable aubergiste, et si Coco eût
encore vécu, je crois que M. du Maigret eût mieux aimé risquer la fluxion
de poitrine, que de compromettre
ainsi sa dignité ; mais le seul coursier
qui habitât ordinairement les écuries
du château Maigret, était mort glo-
rieusement, et l'orgueil de tous les
nobles du monde connu, ne pouvait le rendre à la vie.

— Monsieur, disait Laurent, qui
remarquait la violence que se faisait

son noble maître ; monsieur, conso-
lez-vous : ici, M. Ribonlard est maître ; mais quand nous serons à Paris,
vous aurez votre tour ; vous n'aurez
qu'un mot à dire, et M. le baron de
Boisclairet le fera jeter par les fenêtres de son hôtel.

— Tais-toi, Laurent ; tu raisonnes
comme un parvenu. Ne t'ai-je pas dit
qu'un gentilhomme doit marcher
droit ?

— C'est vrai, monsieur ; c'est aussi
ce que vous faites.... quand vous n'a-
vez pas la goutte, et je suis bien loin
de le trouver mauvais ; mais cela
n'empêche pas de faire justice de ces
vilains qui s'imaginent que le seigneur
du Maigret est un homme de la même espèce qu'eux ; j'ai ouï dire d'ail-

leurs que dans le bon temps, que vous regrettez avec raison, on en usait ainsi envers eux.

— Sans doute, et j'aime à croire que les gens comme il faut de Paris, ont conservé cette louable méthode ; mais, encore une fois, il y a des règles de conduite, qu'un gentilhomme ne doit pas enfreindre. Qu'un homme bien né soit importuné par un manant, il lui dira : faquin, ne me romps pas la tête, ou je te fais jeter par les fenêtres, et si le vilain ne cesse d'être importun, la menace est exécutée : cela est bien, cela est dans les règles, et tout-à-fait de bon ton ; mais attirer un misérable dans un piége tout exprès pour se venger, voilà qui est certainement indigne d'un homme de condition. Ce sont là de ces nuances délicates que les annoblis de fraîche date, ne saisiront jamais. Quant à moi, je puis dire :

Nourri dans le sérail, j'en connais les détours,

et voilà pourquoi......

— La sauce est faite, et vous êtes servi, dit M. Riboulard, en posant sur la table deux bouteilles d'un vin, qu'il assurait être de Bourgogne.

M. du Maigret qui tout en donnant à Laurent une leçon de savoir vivre, avait changé de costume, se sentait un peu mieux; il se mit à table d'assez bonne humeur, et tandis que l'aubergiste servait son hôte ; Laurent fit un tour à la cuisine, car la route et surtout l'entretien qu'il avait eu avec Marianne avant de la quitter, avaient terriblement aiguisé son appétit.

— Asseyez-vous, mon ami, lui dit Mme. Riboulard dont la mauvaise humeur était passée ; je vois maintenant que vous êtes un excellent garçon, et......

— Garçon, si l'on veut, répondit Laurent.

— Ah ! vous êtes marié !....

— Marié, c'est-à-dire oui et non ; il y a du pour et du contre. Je croyais l'être et Marianne prétend que je ne le suis pas......

— Comment diable arrangez-vous ça ?

— Voilà ce que c'est : je me suis marié ce matin ; nous avons passé la journée à faire la noce, et puis quand la nuit est venue, bernique !.....

— Ah mon dieu ! Comment, la nuit....

— C'est comme j'ai l'honneur de vous le dire; pas plus de nuit que dessus ma main; Marianne vous le dirait comme moi. Après cela, je vous demande si je suis encore garçon? Vous allez me dire ça tout de suite; car je parierais que vous vous y connaissez.

— Quoi! vous n'avez pas, avant de partir, passé un seul instant auprès de votre femme ?

— Au contraire : M. du Maigret nous avait accordé une heure, et comme Marianne disait que ce n'était pas assez, nous en avons pris deux; mais deux heures ne sont pas une nuit, et Marianne soutient qu'une

femme n'est pas épousée, tant qu'elle
n'a pas passé une nuit avec son mari.

— Elle a raison, répondit gravement Mme. Riboulard. Puis elle ajouta
en soupirant : il y a même des maris
qui couchent toutes les nuits auprès
de leurs femmes, et qui ne les épou-
sent pas plus souvent pour cela. Voulez-vous un bouillon ? mon ami.

— Ça ne peut pas faire de mal.

— Hélas ! il y a des maris à qui ça
ne fait plus rien du tout.

— Mon Dieu ! comme vous sou-
pirez !.... Il paraît que vous avez un
grand chagrin ?

— Hélas ! une honnête femme est
bien malheureuse d'avoir un mari,
sur lequel un bouillon n'a pas la
moindre influence, et qui serait in-

sensible à tous les consommés du monde.

— C'est étonnant, disait Laurent en avalant le bouillon de Mme. Riboulard qu'il regardait de temps en temps, et dont il remarquait les yeux vifs et pétillans, c'est étonnant, car M. Riboulard a encore l'air gaillard.

Et pendant que Laurent s'étonnait, la grosse hôtesse lui versait à boire ; quand il eut bu une bouteille, elle en apporta une seconde ; et plus Laurent buvait, plus Mme. Riboulard lui semblait appétissante, et plus Mme. Riboulard regardait Laurent, plus elle soupirait. Alors Laurent s'avisa de penser, qu'il n'était pas poli de boire seul. Et s'étant levé, il présenta un verre à sa grosse convive ; celle-ci alongeant le bras, renversa le flambeau et la chandelle s'éteignit.

— Je suis sûr, disait M. le maire, que vous trouvez cette sauce là excellente ?

— Elle n'est pas mauvaise, répondit le seigneur Chrysostôme.

— Sans la flatter, je puis dire que ma femme est forte sur l'article !....... n'est-ce pas, m'amour, ajouta-t-il en ouvrant la porte vitrée qui le séparait de la cuisine.

Mais Mme. Riboulard, que la conversation de Laurent intéressait, n'entendait point la voix de son époux.

— Réponds-moi donc, ma toute-bonne, s'écria de nouveau M. le maire.

En parlant ainsi, il quitta la salle

à manger et entrant précipitamment dans la cuisine, il fut très-surpris de n'y point voir de lumière.

— Que signifie tout ceci, s'écria-t-il en enfonçant sur son front le bonnet de coton dont il était coiffé, et en avançant à tâtons vers la table de cuisine. Laurent qui malgré le vin de l'hôtesse voyait combien sa position était délicate, jugea prudent d'éviter une explication avec M. Riboulard ; mais au moment où il s'orientait, il se sentit saisi par un poignet vigoureux, et pensant que c'était la sensible hôtesse qui voulait le retenir, il répondit à cette politesse par un gros baiser qu'il déposa sur le visage qui se trouvait près du sien.

— Ah ! c'est toi, m'amour, reprit le magistrat. Pourquoi diable as-tu éteint le chandelle ?...... tu es toujours charmante, ma toute bonne...... mais nous ne sommes pas à Pâques....

Laurent qui n'avait pas eu besoin d'en entendre si long pour savoir à quoi s'en tenir, fit deux pas en arrière et s'esquiva adroitement. L'aubergiste effrayé ne doute pas qu'il n'ait affaire à quelque voleur; mais comme il ne manque pas de courage, il s'avance vers la table, et saisit à la gorge sa fidèle moitié, en appelant du secours. De son côté, M. du Maigret, qui tremblait de plus belle, n'eût pas pour tout l'or du Pérou quitté la place où il semblait cloué, et où Laurent le joignit bientôt.

— Qu'y a-t-il donc ? mon ami.

— Je n'en sais rien, monsieur.

— Aurais-tu peur, Laurent ?

— Pas précisément... cependant....

— En ce cas, vas voir ce que veut dire tout ce bruit.

— Permettez, monsieur, je disais : cependant je ne suis pas tranquille.

— Eh bien, mon garçon, ni moi non plus, je ne le suis pas, et si j'avais pu prévoir tout ce qui arrive.....

— Tenez, monsieur, je le répète, c'est une punition du ciel ; si vous m'aviez laissé achever la noce.....

— Voilà bien du bruit pour une chandelle éteinte, s'écriait Mme. Riboulard qui était parvenue à faire lâcher prise à son époux.

— Permettez, m'amour ; cela ne me paraît pas clair.

— Eh bien, il fera jour demain.

— Vous avez raison ; mais cela ne prouve rien, tandis que....

— M. Riboulard, si vous m'é-
chauffez les oreilles, cela ne se passera pas comme vous le croyez.......
Pouvez-vous bien douter de la vertu
d'une femme comme moi!... Auriez-
vous le front.....

— Pour le front, ma toute bonne,
vous savez bien que ce n'est pas ce
qui me manque, et quant à la vertu,
je suis persuadé que vous êtes férée à
glace.... C'est toujours là votre grand
cheval de bataille ; cependant, cette
chandelle.....

— Eh bien! qu'a de commun cette
chandelle avec la vertu de votre
femme ?....

— Rien, absolument rien ; mais
permettez.....

— Je vous permets de vous aller

promener, et je vous ordonne de me laisser en repos.

— Ce que c'est pourtant qu'une femme vertueuse! se disait M. Riboulard en retournant près de son hôte.... qui croirait que cela vous envoie promener un mari comme on boit un verre d'eau ?.... ça n'est pas très-aimable ; mais heureusement ça n'est pas commun.

Le retour de M. le Maire dissipa la peur qui agitait le seigneur Chrysostôme et son fidèle serviteur, et le repas de M. du Maigret étant terminé, tous nos personnages se disposèrent à prendre quelques heures de repos. Enfin, au point du jour, M. Riboulard enfourcha Javotte ; guidé par Laurent, il retrouva la cariole à laquelle il attela sa monture, et M. du

Maigret ayant achevé sa toilette, ils prirent tous trois la route de Paris, où nous les suivrons, afin de mieux connaître le baron de Boisclairet et la charmante personne qui aspirait à l'honneur de devenir la femme du seigneur Chrysostôme.

CHAPITRE V.

L'ÉPITRE AU ROI.

Javote trotte, la cariole roule, nos voyageurs avancent, et moi, lecteur, je vais profiter de ce temps là pour vous faire faire plus ample connaissance avec le seigneur Chrysostôme.

Le père de M. du Maigret était un gentilhomme normand qui faisait le plus grand cas de sa noblesse, et qui était persuadé qu'un descendant du barbier de Guillaume le conquérant, n'avait qu'à se donner la peine de naître pour être un grand homme.

Cependant comme on peut être un grand personnage et s'ennuyer beaucoup, et que M. du Maigret savait par expérience qu'il est assez difficile de se distraire quand on ne sait rien faire, il décida que son fils Chrysostôme apprendrait à chasser, à se battre, et même à lire, afin de pouvoir, au besoin, jouir de l'agréable lecture de sa généalogie et des importans parchemins qui constataient sa noble origine.

Le jeune Chrysostôme eut donc les différens maîtres, qui devaient lui enseigner ces choses sublimes ; mais il ne réalisa qu'une partie des espérances de son illustre père ; bien jeune encore, il soutenait que les sons du cor de chasse n'étaient point faits pour plaire à une oreille délicate, que le grand air du roi Dagobert, malgré les savantes variations dont on l'embellissait, était la musique la plus maussade qu'on pût entendre, et lorsqu'il eût atteint l'âge de manier l'épée, il déclara net à son cher père, qu'il ne trouvait aucun plaisir à se faire couper le visage, pour soutenir les querelles de gens qui très-certainement n'étaient pas aussi bons gentilshommes que lui ; mais en revanche, il savait à douze ans sa généalogie par cœur ; et lorsqu'il eût atteint son troisième lustre, il commença à lire passablement et même à déchiffrer les titres dont son père faisait tant de cas.

M. du Maigret, désespéré d'abord du peu de goût que montrait pour les armes, son unique héritier, se consola en pensant que si Chrysostôme n'était point un héros, il pourrait au moins être un homme d'état fameux. En conséquence, dès qu'il crut son fils un savant, il résolut de l'envoyer à Paris ; mais comme il avait lui-même toujours vécu dans sa terre, et qu'il n'avait pas la moindre idée des usages de la Cour, il pensa que le plus court était d'écrire au Roi une belle épître, dans laquelle après avoir fait l'énumération des titres et des talents de Chrysostôme, il demanderait pour ce cher fils, la première place vacante de ministre, ou d'ambassadeur. A cet effet, il fit appeler le précepteur qui avait fait l'éducation du futur ministre, et il lui dicta ce qui suit :

« Sire,

« Le personnage qui vous remet-
» tra cette lettre, a l'honneur d'être
» l'unique héritier de Jean-Nicolas-
» Colombin, seigneur du Maigret,
» gentilhomme Normand, de très-
» noble race, ainsi que votre majesté
» pourra s'en convaincre, en consul-
» tant mon blason auquel, ainsi que
» moi, elle n'entend peut-être rien;
» mais que mon fils Chrysostôme lui
» expliquera volontiers.

» Tourmenté du désir de faire
» quelque chose pour votre majesté,
» je me mis long-temps l'esprit à la
» torture : j'aurais volontiers fait la
» guerre ; mais on m'assura que vous
» aviez plus de généraux qu'il ne

» vous en fallait ; j'eus bien l'envie de
» vous demander le gouvernement
» d'une province ; mais il semblait
» que tous les gouverneurs eussent
» l'âme chevillée dans le corps, et
» tout le temps que cette envie me
» tint, il n'en mourut pas un. Voyant
» bien que c'était un parti pris, et
» que ces gens là tenaient à leurs
» places, j'abandonnai ce projet, et
» après avoir réfléchi de nouveau, je
» résolus de vous faire un enfant ;
» c'est-à-dire de faire un gentil-
» homme, capable d'illustrer votre
» règne. Ayant communiqué cette
» résolution à Mme. du Maigret, elle
» l'approuva fort, et goûta, le mieux
» du monde, toutes les raisons que
» j'apportai à l'appui, de sorte que
» dix mois s'étaient à peine écoulés,

» lorsque je devins père de Chrysos-
» tôme du Maigret, celui-là même
» que j'ai l'honneur d'adresser à vo-
» tre Majesté. Je puis dire sans me
» flatter, Sire, que je vous fais un
» véritable présent, et je suis per-
» suadé que vous n'aurez pas besoin
» d'y regarder à deux fois, pour re-
» connaître le mérite de Chrysos-
» tôme. Il est vrai qu'il n'a pas la
» moindre inclination pour les ar-
» mes ; mais quant à son esprit, c'est
» autre chose : les plus malins, au-
» près de Chrysostôme, ne sont que
» de la St.-Jean, et malgré toute sa
» science, son précepteur lui-même
» n'est qu'une bête, sauf le respect
» que je dois à Votre Majesté....

— Seigneur, s'écria le précepteur
en s'arrêtant tout court, vous êtes

trop raisonnable pour vouloir me forcer à écrire cela.

— Qu'est-ce à dire? faquin!..... ne m'est il pas permis de mander au Roi tout ce qui me convient?

— A la bonne heure ; mais dire que je suis bête.

— N'êtes vous pas payé pour cela ?

— Il est vrai que monseigneur me fait compter assez régulièrement trois cents livres par année ; mais je ne pourrai jamais consentir à être bête à raison d'un louis par mois.

— Voilà qui est fort, par exemple! un animal qui ne veut pas dire qu'il est bête quand cela plaît à son seigneur!.... je ne sais à quoi il tient que je te fasse jeter dans ma tour de l'ouest..... écriras-tu bientôt?..... Imbécille, ne vois-tu pas qu'il s'agit de faire valoir ton élève ? Il n'en faut pas davantage pour qu'il devienne ministre, et quand il aura cette place là tu t'en trouveras bien....

Le précepteur hésita encore quelques instans ; mais les dernières paroles de M. du Maigret finirent par le décider, et il écrivit.

« D'après cela, Sire, vous voyez
» bien que ce que vous avez de mieux
» à faire, est de donner à Chrysos-
» tôme la première place vacante de
» ministre ou d'ambassadeur, et vo-
» tre Majesté entend trop les intérêts
» de son royaume, pour négliger
» d'employer les talens d'un gentil-
» homme aussi capable que le fils de
» celui qui peut à juste titre se dire,
» de Votre Majesté, le etc., etc. »

Cette épître terminée, M. du Maigret fit appeler son fils et lui dit :

— Chrysostôme, puisque vous êtes
assez malheureusement organisé pour
ne pas aimer la guerre, qui est pourtant ce qu'un gentilhomme puisse faire
de mieux ; puisque le son du cor ne
réjouit point vos nobles oreilles, et
que vous ne trouvez aucun plaisir à
crever des chevaux pour chasser un
cerf ; enfin, puisque vous ne possédez
aucune des qualités qui constituent le
héros, je veux vous servir selon vos
goûts. Voici une lettre de recomman-
dation pour sa majesté le Roi de
France et de Navare, dans laquelle
j'ai fait en deux pages l'énumération
de vos qualités, et que vous remet-
trez vous-même à ce monarque. Je

sais bien qu'autrefois cela n'eût servi à rien, attendu qu'un homme qui ne savait pas se battre ne pouvait prétendre à aucun emploi ; mais aujourd'hui les temps sont tellement changés, et les mœurs si corrompues, qu'un brave gentilhomme, eût-il passé au fil de l'épée une armée entière, n'en serait pas plus estimé si indépendamment de cela, il n'avait fait quelques études ; il semble, à voir ce qui se passe, que la noblesse consiste à pâlir sur de vieux bouquins qui viennent de je sais où ; qui ont été composés par je ne sais qui, et dont, dans le bon temps un bon gentilhomme ne faisait pas plus de cas que de son dernier vassal. Mais enfin puisque je suis assez malheureux pour que mon fils, l'unique héritier de mon nom ait donné dans ce travers, je pense que de deux maux, il est bon d'éviter le plus grand, et le plus grand malheur pour un gentilhomme est à mon avis de ne pouvoir obtenir quelque bonne charge qui double ou triple sa fortune.

Il y a deux ou trois cents ans, mon cher fils, un noble qui se serait avisé d'apprendre à lire, eût été montré au doigt, trop heureux même si ses voisins ne lui eussent déclaré la guerre sous le prétexte qu'un homme de noble race ne pouvait déroger, sans être déclaré traître et félon, et par conséquent dépouillé de ses titres et de ses biens; mais depuis que l'on est à peu près convenu qu'il y a un certain mérite à être savant, les gentilshommes peuvent apprendre à lire sans se déshonorer, ce qui est très-heureux pour vous, mon fils, qui, sans cela, seriez condamné à vivre dans une obscurité perpétuelle. J'espère cependant que quelque chose qui vous arrive, vous vous montrerez à la cour, digne du grand nom que vous portez. Songez, Chrysostôme, que vous descendez de la plus ancienne noblesse de Normandie, et n'oubliez jamais que vous êtes l'unique rejeton de l'illustre race des du Maigret. Allez, mon fils, allez trouver le roi de France, dites-lui qui vous êtes; présentez-lui cette lettre, et vous verrez ce qui en arrivera.

J'ai ouï dire encore, qu'un moyen infaillible de parvenir à la cour, était de plaire aux femmes, et comme il ne faut rien négliger, quand il s'agit

d'arriver à la fortune et au pouvoir,
je vous recommande d'être aimable,
très-aimable, excessivement aimable,
ce qui ne vous sera pas difficile, mon
cher fils, car vous avez pour le moins
autant d'esprit à vous seul, que tous
les gentilshommes de la province de
Normandie, qui ne laisse pas d'être
assez bien pourvue de ce côté. Et
puis, pour ce qui regarde le physique,
chose essentielle près de ces dames,
vous êtes d'une très-jolie force, car
je me rappelle que dans ma jeunesse, on m'admirait sous ce rapport, et votre mère m'a toujours dit
que vous étiez mon portrait vivant.
Au reste, votre précepteur, l'abbé
Bazile, vous accompagnera, et je ne
doute pas que, à l'aide de ses con-

seils, vous ne réussissiez dansvos en
treprises.

A ces mots, M. du Maigret présenta à Chrysostôme, une petite
bourse de cuir, qui contenait une
douzaine de louis; et un énorme soupir s'échappa de la poitrine oppressée
du père, lorsque la vaste poche du
gilet de son fils eut dérobé à ses yeux
ce précieux viatique. Dès le même
jour, on fit tous les préparatifs du
départ, et l'aurore du lendemain paraissait à peine, lorsque Chrysostôme
et son précepteur s'éloignèrent du
château.

Nos deux personnages arrivèrent
à Paris, vers le milieu de l'année
1788; à cette époque, grâce à quelques centaines de mauvais sujets qui
se faisaient appeler philosophes, à

cette époque, dis-je, les roturiers qui avaient de l'esprit, commençaient à se moquer des nobles qui étaient sots. Les philosophes dont je viens de parler, étaient parvenus à prouver, que le fils d'un grand homme pouvait être un idiot, et cette découverte faisait fermenter les esprits. Rien n'était sacré pour ces génies malfaisans ; si l'on cherchait à leur prouver que certaines choses devraient être crues quand bien même elles seraient fausses, ils soutenaient que le bien ne pouvait jamais résulter du mal, et que le mensonge, dans tous les cas, ne pouvait être qu'une chose vile. Un d'eux avait osé écrire : *les grands ne nous paraissent grands, que parce que nous nous mettons à leurs genoux : levons-nous !* Tout cela, ainsi

que nous venons de le dire, faisait fermenter les esprits. Cependant la noblesse persuadée qu'il ne pouvait exis-
ter de gouvernement sans elle, mé-
prisait les clameurs du peuple, et elle
ne s'occupait guère des progrès que
faisaient les doctrines philosophiques:
elle regardait en riant, se former l'o-
rage qui devait l'écraser, et qu'elle
eût si facilement détourné.

Tel était l'état des choses, lorsque
Chrysostôme du Maigret et l'abbé
Bazile, son précepteur, arrivèrent à
Paris, pleins d'espérance, le premier
d'être bientôt fait ministre, et l'autre
au moins secrétaire d'ambassade.
Douze louis ne sont pas un trésor in-
tarissable, et Chrysostôme savait que
son père n'était pas homme à renou-
veler la dose ; en conséquence il ré-

solut de se présenter à la cour dès le lendemain, afin d'obtenir au plus vite la place dont il avait un besoin urgent, et que, selon son père, on ne pouvait manquer de lui accorder sur le champ. L'abbé Bazile aida dans cette occasion, son élève à s'habiller; il lui ceignit l'épée vierge, qui avait appartenu au trisaïeul de M. du Maigret, et qui malgré son grand âge, avait eu le bon esprit de ne jamais faire parler d'elle; la lettre adressée au Roi, et qui avait été un peu froissée pendant le voyage, fut mise pendant une heure en presse, dans le bréviaire de l'abbé qui lui-même arrangea avec soin son petit collet, se fit poudrer à deux reprises, et se dirigea enfin avec son élève, vers le palais des Tuileries.

CHAPITRE VI.

UN DINER A TABLE D'HOTE. — LE MINISTRE CARDINAL.

UN gentilhomme Normand est quelque chose qui mérite d'être observé, cela ne doute de rien, et l'on viendrait annoncer au plus mince gentillâtre de ce pays qn'il a été élu empereur de la Chine, que cela ne le surprendrait pas. Chrysostôme du Maigret qui, sous ce rapport, ne dérogeait pas à l'espèce, entra la tête haute sous le pavillon de l'horloge, et s'adressant à la première sentinelle qu'il rencontra, il lui demanda de quel côté était situé l'appartement du Roi.

— Vous ne pouvez entrer dans les appartemens, répondit le soldat.

— Comment je ne puis!........ apprends, faquin, que Chrysostôme du Maigret peut entrer partout.

Et à ces mots, notre héros se disposa à passer outre; mais la sentinelle qui n'est pas accoutumée à faire de longs discours, croise la baïonnette, et déclare à Chrysostôme que s'il fait un pas de plus, elle lui passera son arme au travers du corps.

M. du Maigret et son précepteur ne concevaient pas que le roi pût employer des gens assez mal élevés

pour menacer ainsi la fine fleur de la
noblesse de Normandie : l'abbé Bazile s'écria que le clergé vengerait
l'insulte que l'on venait de lui faire
en la personne d'un de ses membres,
et Chrysostôme jura que dès que son
père saurait ce qui venait de se passer,
il ne manquerait pas de faire passer
par les armes l'insolente sentinelle
qui s'avisait de ne pas reconnaître au
passage un descendant des du Maigret. Ils se retirèrent néanmoins ; car
malgré toutes les protestations, le
soldat ne cessait de leur tenir la pointe
au corps.

— C'est une infamie, disait Chrysostôme en traversant le jardin.

— Le roi en sera instruit, murmurait de son côté l'abbé ; je vais tout
exprès rédiger un placet que je lui

présenterai la première fois que je le rencontrerai.

— C'est inutile, M. l'abbé, répondit le futur ministre, c'est inutile ; je vais lui écrire moi-même et de bonne encre, je vous en réponds.

— Vous paraissez bien agités, messieurs, leur dit en les abordant un personnage mis avec une certaine recherche, et dont le teint hâve et le regard scrutateur contrastaient avec l'air de légèreté et le sourire sardonique qui accompagnaient ses paroles.

— On le serait à moins, monsieur, répondit Chrysostôme ; croyez-vous qu'un misérable soldat vient de nous insulter à la porte même des appartemens du Roi ?..... Ah! morbleu! quand mon père le saura! Savez-vous bien, monsieur, que mon père est aussi bon gentilhomme que Sa Majesté, et que j'ai l'honneur d'être son fils unique?

—Je vous en fais, monsieur, mon compliment sincère; mais il me paraît probable que le soldat dont vous avez tant à vous plaindre, ne savait pas cela.

— Tant pis pour lui, monsieur, s'écria notre héros qui s'échauffait à chaque instant davantage, tant pis pour lui; c'est là une mauvaise excuse qui ne l'empêchera pas d'être sévèrement puni... il ne savait pas!.... comme si cela ne se voyait pas tout d'abord à la figure des gens!..... je vous demande un peu si nous autres gentilshommes pouvons jamais être confondus avec ces gens du peuple dont la basse origne est empreinte sur tous les traits.

— Vous avez raison, monsieur, ces gens du peuple sont de grands misérables dont l'insolence est portée au dernier point ; on assure même qu'ils prétendent être quelque chose, et qu'ils affectent de parler sans ménagement du clergé et de la noblesse.

— Voyez-vous les infâmes, s'écria l'abbé Bazile.

— Il paraît, messieurs, interrompit l'inconnu, que vous aviez le désir d'être présentés à Sa Majesté ?

— Précisément, répondit Chrysostôme, et ce que vous dites là me fait bien voir que vous êtes un homme comme il faut, puisque vous voyez tout de suite ce qui nous a amenés ici.

— Alors, messieurs, il pourrait se faire que la sentinelle n'eût pas autant de torts que vous le pensez, car je crois que l'heure à laquelle vous vous êtes présentés est précisément celle pendant laquelle le roi travaille.

— C'était une raison de plus pour que je fusse admis sur le champ, répondit le jeune du Maigret : Sa Majesté travaille sans doute avec ses ministres, et alors ma présence pouvait être nécessaire.

— Sa Majesté travaille toujours seule.

— Quoi! le Roi se donne la peine de faire lui-même ses ordonnances?

— Je ne dis pas cela ; mais il fait des serrures.

— Voilà, monsieur, une bien mauvaise plaisanterie !

— C'est quelque chose de mieux, monsieur, c'est une vérité !

— Comment, le Roi de France serait......

— Un très-habile serrurier, je vous assure, ce qui toutefois ne l'empêche pas d'être un excellent prince.

— C'est possible, monsieur, mais vous sentez que l'unique héritier des du Maigret, ne peut consentir à être le ministre d'un Roi qui fait des serrures.

— Je ne sens pas cela du tout : les goûts simples de Sa Majesté annoncent une belle âme, et il en résulte que les plaisirs du prince ne coûtent pas de larmes au peuple.

— Le peuple, le peuple !... croyez-vous que le Roi s'occupe de ces penadilles ?

—Oui, parce que le Roi est le plus honnête homme de son royaume.

— Fi! fi! monsieur, s'écrièrent à la fois l'élève et le précepteur. Si vous êtes gentilhomme, continua Chrysostôme, ce que vous dites est infâme ; si vous n'êtes qu'un vilain, comme je suis maintenant disposé à le croire, vous méritez la corde, et je vous déclare qu'un Roi qui s'occuperait de pareilles futilités, serait aux yeux de la noblesse, indigne d'occuper le trône.

A ces mots, l'abbé Bazile et son élève tournèrent le dos à l'inconnu qui les suivit à une certaine distance, en souriant comme un homme enchanté de ce qui vient de lui arriver.

— Que pensez-vous de tout cela?

M. l'abbé, dit Chrysostôme, après avoir réfléchi quelque instans.

— Je ne sais répondit M. Bazile ; il me semble que je rêve : la journée de demain nous apprendra sans doute bien des choses : attendons.

— Attendons, cela vous est facile à dire, M. l'abbé ; mais nous ne saurions attendre bien long-temps : mes douze louis ont déjà subi un terrible échec, et si le Roi s'avisait de ne me donner audience que dans huit jours, je ne sais pas ce que nous pourrions faire ; j'espère cependant qu'il n'en sera pas ainsi ; je vais, comme je vous l'ai dit, écrire ce soir à Sa Majesté, et je puis vous assurer que je ne balancerai pas pour lui dire son fait........ Donnez-vous donc la peine d'acquérir de l'esprit, pour être le

ministre d'un Roi, qui travaille et
qui souffre qu'un manant, le fusil sur
l'épaule, reçoive un gentilhomme,
comme un chien dans un jeu de quil-
les ! Corbleu ! M. Bazile, il est de mon
devoir de solliciter un portefeuille,
puisque cela plaît au noble seigneur
du Maigret, mon père et votre maître; mais je ne souffrirai jamais que
le descendant d'un officier qui a eu
l'honneur de servir sous le très-noble
bâtard Guillaume, soit traité comme
le vassal d'un cadet de Gascogne !....
Si je savais me servir d'une épée aussi
bien que le faisaient mes nobles et
puissans ayeux, Louis de France re-
cevrait, dès aujourd'hui, un cartel de
Chrysostôme du Maigret; il se battrait
en champ clos, où il ferait pendre
l'insolent homme d'armes qui nous

a refusé l'entrée du palais... Par saint Colombin ! patron de mon noble père, je sens dans mes veines, bouillir le sang des du Maigret, et je ne sais à quoi il tient que je ne retourne sur mes pas, pour châtier le vilain.....

— Vous n'en ferez rien, dit M. Bazile.

— Et pourquoi cela, l'abbé ?

— Parce qu'il est écrit : *quiconque se servira de l'épée, périra par l'épée*, et que vous ne seriez pas digne d'être l'élève d'un homme de mérite, si vous ne sentiez qu'il est plus honorable, et surtout beaucoup plus doux de mourir tranquillement dans un lit, que de se faire tuer d'un coup de fusil, genre de mort très-préjudiciable au salut des âmes et à la fortune des médecins. Rappelez-vous la fable *le chêne et le roseau;* il faut plier pour ne pas rompre, et un homme qui aime mieux rompre que plier, n'est pas du bois dont on fait les ministres. Soyez humble maintenant; vous vous dédommagerez bien lorsque vous serez arrivé au pouvoir.

— Plier! l'abbé, plier!.... on voit bien que vous n'êtes pas d'une origine illustre, et que vous ne sentez pas tout ce dont est capable un homme qui a lu dans les chroniques les hauts faits de ses ayeux....... Je ne veux ni plier ni rompre, entendez-vous, M. Bazile; mais je veux prouver à qui de droit, qu'un gentilhomme normand, n'est pas insulté impunément. Malheureusement, je ne suis pas né pour faire la guerre, mais cela ne m'empêche pas d'avoir du cœur, et l'on ne me fera jamais dire que je suis content, lorsque je ne le suis pas.

— C'est pourtant le moyen de parvenir, mon cher élève. Croyez-moi, le chemin de la fortune et des honneurs est semé de ronces et d'épines, et le mérite de ceux qui le parcourent, est de ne point se laisser arrêter par une piqûre : à force de marcher dans un sentier raboteux, on finit par l'applanir. Si vous cherchez à écraser l'insecte, il est à craindre qu'il ne vous pique ; or, mon cher Chrysostôme, l'insecte, dans ce cas, est le soldat, et j'ai ouï dire que la piqûre d'un pareil frelon est souvent mortelle. Pensez-y bien, mon cher élève ; un gentilhomme, fût-il issu en droite ligne du saint roi David, ne vaut pas, quand il est mort; le dernier homme d'armes du royaume, et quand vous seriez dix fois plus savant que vous ne l'êtes, ce qui serait difficile, il ne faudrait qu'un coup de baïonnette pour vous envoyer *ad patres*, et anéantir vos prétentions au ministère.

— Il est possible que vous disiez vrai, M. Bazile; mais les meilleures raisons du monde ne peuvent faire, que je n'aie été insulté par un vilain, et que par conséquent je n'éprouve le désir de me venger. C'est, à ce qu'il me paraît, un sot métier que celui de solliciteur !

— A la bonne heure, mais n'oubliez pas qu'il mène à celui de ministre.

En parlant ainsi, nos deux person-

nages se dirigeaient vers le modeste
hôtel, où ils étaient descendus la
veille, et dans lequel ils se proposaient
de dîner à table d'hôte. Déjà, depuis
un quart d'heure, ils attendaient dans
la salle à manger, que l'hôte fît apporter le premier service, et ils s'entretenaient à demi-voix, du peu de
succès de leur première démarche,
lorsque leur attention fut éveillée par
quelques-uns de leurs futurs convives, qui s'entretenaient avec chaleur.

— Il ne suffisait pas de le renvoyer,
disait un des interlocuteurs, il fallait
le faire pendre.

— Sans doute, reprit un autre ;
mais il ne perdra pas pour attendre,
et s'il s'avise de remettre le pied en
France, il ne l'échappera pas. C'est
un misérable qui aurait voulu avoir

notre dernier écu, et à qui il importait fort peu que le peuple mourût de faim, pourvu qu'il pût se gorger des dépouilles des malheureux. Il s'abuse étrangement, s'il pense que son chapeau de cardinal le mette à l'abri de la punition qu'il n'a que trop méritée.

— De qui parlez-vous donc? messieurs, dit Chrysostôme, en s'adressant au groupe de causeurs qui tenaient des discours si surprenans pour nos campagnards.

— Parbleu! monsieur, il me semble que nous nous expliquons assez clairement; de quel pays venez-vous donc, si vous ne savez pas que M. de Brienne, l'ex-ministre, vient, pour prix de ses nombreux méfaits, d'obtenir l'archevêché de Sens et le chapeau de Cardinal ?.....

— Quoi ! s'écria l'abbé Bazile, c'est d'un prélat que vous vous entretenez d'une manière aussi épouvantable ?

— C'est un ministre, reprit du Maigret, que vous osez menacer de la corde ?

— Sans doute, dit celui des interlocuteurs qui avait déjà répondu à Chrysostôme, et s'il était aujourd'hui à Paris, on ne s'en tiendrait certainement pas aux menaces.

— Savez-vous bien, s'écria de nouveau l'abbé en se levant, que chacune des paroles que vous prononcez est un péché mortel ?

— C'est possible, M. l'abbé ; mais

chacune des actions du ministre était un crime.

— Qui êtes-vous pour vous permettre de juger les actions d'un prélat ?

— Nous sommes des hommes, M. l'abbé, et cela suffit.

— Quelle épouvantable doctrine!...

— Rassurez-vous, mon cher précepteur, dit Chrysostôme, lorsque je serai ministre, je vous promets de mâter de la bonne manière, l'orgueil de ces vilains : je saurai bien les guérir de la manie qu'ils ont de se croire faits de la même pâte que nous.

A ces mots de nombreux éclats de rire firent retentir la salle, et cela fut très-heureux pour le digne héritier du vieux du Maigret; car il aurait pu se faire que les personnages devant lesquels il parlait, eussent pris la chose au sérieux, et dans ce cas, Chrysostôme et son précepteur se fussent très-difficilement tirés d'affaire.

Cependant l'hôte avait fait apporter le premier service : chacun prit place autour de la table ; et nos héros ne furent pas des derniers.

— M. l'abbé, dit à demi-voix Chrysostôme à son précepteur, il me paraît que vous vous êtes étrangement trompé dans la peinture que vous me fîtes avant de quitter le château du Maigret. A vous entendre, un homme de ma qualité devait être reçu à la cour avec le plus grand empressement, et le peuple, à votre dire, se prosternerait sur mon passage ; cependant vous avez vu qu'un misérable soldat, non-seulement s'est opposé à ce que nous entrassions dans le palais du roi ; mais qu'il a poussé l'insolence jusqu'à nous menacer de son arme, si nous osions enfreindre l'ordre qu'il lui plut de nous donner. Quant au peuple, vous le voyez : nous sommes dix personnes à cette table ; je suis, à n'en pas douter, le seul homme de condition, et pourtant ces manans ne s'occupent pas plus de moi, que si l'illustre origine des du Maigret n'était qu'une fable.

.. — Je ne sais que vous répondre, monsieur, si ce n'est que tout cela me surprend encore plus que vous. Il paraît que, depuis vingt ans, les choses sont bien changées. Lorsque je quittai le séminaire, je puis vous assurer que les gentilshommes jouissaient d'une grande considération : le peuple ne commentait pas les actes du gouvernement, et des gens qui se seraient avisés de tenir publiquement les discours que quelques-uns de nos convives viennent de nous faire entendre, auraient été jetés dans un cul de basse fosse, s'ils n'avaient pas été pendus. Au reste, le temps nous en apprendra davantage.

— Le temps ! vous en parlez bien à votre aise, M. l'abbé : ne savez-vous pas combien il est urgent que l'une des places que je viens solliciter, me soit donnée sans délai ?

En cet endroit, M. Bazile s'apercevant que les convives ne parlaient pas, et que les plats disparaissaient successivement de dessus la table, prit le parti de ne pas répondre à son élève, et fit un tel usage de sa mâchoire, que l'équilibre fut bientôt rétabli. Le silence continua à régner pendant quelques instans; on n'entendait que le cliquetis des fourchettes et des couteaux, auquel se mêlait de temps en temps un soupir de Chrysostôme. Enfin on apporta le dessert, et son apparition ranima la gaîté presque éteinte des convives : après des propos un peu grivois, l'un d'eux proposa de chanter quelques couplets patriotiques, et sa proposition fut accueillie à la presque unanimité : je dis *presque*, car, ainsi qu'on le devine aisément, l'abbé Bazile et son élève n'étaient pas gens à prendre bien ces sortes de choses.

— M. l'abbé, dit Chrysostôme, je crois que nous sommes ici dans un repaire de bandits : peut-être ferions-nous bien de nous retirer, et de prévenir la force armée, qui fera justice de ces misérables.

— Monsieur, répondit le précepteur, je suis prêt à vous suivre partout ; mais je crains que cette démarche soit encore sans succès : il y a là dessous quelque chose d'extraordinaire qui ne présage rien de bon, et nous ferions mieux de retourner au château du Maigret.

— Mais alors, M. l'abbé, je ne serai pas ministre !....

— C'est possible ; mais nous serons en sûreté.

— Bon dieu ! M. l'abbé, nos jours seraient-ils menacés ?

— Je ne sais, monsieur ; mais j'ai des pressentimens terribles.

— En vérité ?

— C'est à la lettre, et ordinairement ils ne me trompent pas.

— C'est fort bien à eux, M. l'abbé... que vous disent donc ces pressentimens ?

— Ils me font entendre que nous ferions sagement de quitter Paris.

— Hé bien, M. Bazile, je vous promets que nous partirons dès que je serai ministre.

L'abbé ne répliqua point, car il s'aperçut que son élève tenait beaucoup à obtenir un portefeuille. C'est une maladie contagieuse qui, à cette époque n'avait pas encore fait de grands ravages, mais dont maintenant une foule de gens sont vivement affectés : on n'a jamais autant couru après le titre d'excellence, et ceux qui l'obtiennent, n'ont jamais été moins sûrs de le garder. Il faut qu'un ministère procure de grands biens ou de grands plaisirs, puisque nous voyons des gens se mettre en quatre et tout sacrifier pour s'y maintenir quelques jours de plus..... Espérer, c'est jouir : espérons donc !....

Nos héros s'étaient retirés dans le modeste appartement qu'ils occupaient depuis la veille, et depuis trois quarts d'heure, Chrysostôme écrivait, lorsque se levant tout-à-coup, il s'approche de l'abbé qui avait l'air de lire son bréviaire.

— Ecoutez, M. Bazile, voici la lettre que j'écris au roi ! Cela lui apprendra qu'un personnage comme moi, n'est pas impunément insulté par un soldat, et puis Sa Majesté pourra se convaincre, qu'un homme qui écrit à un souverain d'une manière aussi énergique, est véritablement fait pour être ministre. Cela vous fera aussi beaucoup d'honneur, M. l'abbé, et vous serez très-certainement quelque chose un jour, ne fût-ce que par ricochets Voici ma lettre :

« SIRE.

» Le très-haut et très-puissant sei-
» gneur du Maigret, mon père, dé-
» sireux de faire quelque chose pour

» Votre Majesté, me fit, moi, Chry-
» sostôme du Maigret, tout exprès
» pour être votre ministre. C'est ce
» qu'il mande très-clairement à Vo-
» tre Majesté, dans une lettre dont
» je suis porteur et que j'ai vaine-
» ment tenté de vous remettre hier.
» Il est au moins bien extraordinaire,
» Sire, qu'un homme de condition
» et de mon mérite ne puisse, quand
» cela lui plaît, arriver jusqu'à vous.
» Je me suis laissé dire que feu mon
» grand-père était pour le moins
» aussi bon gentilhomme que vous ;
» hé bien, quand le curé et le bailly
» avaient besoin de lui parler, il les
» recevait sans difficulté. Je ne suis
» pas devenu d'évêque meunier,
» Sire, et pourtant quelques miséra-
» bles valets de votre maison, m'ont

» chassé hier sans plus de façons
» que s'il se fût agi d'un bourgeois.
» A cause de l'amitié que j'ai pour
» Votre Majesté, je veux bien vous
» donner l'assurance que cette af-
» faire n'aura pas de suites fâcheu-
» ses pour vous, à condition toute-
» fois, qu'un pareil scandale ne se
» renouvellera plus ; que vous me
» donnerez audience aujourd'hui
» même, et que vous me ferez mi-
« nistre demain.

« J'ai l'honneur d'être, Sire, etc.

— Comment trouvez-vous cela ?
l'abbé, s'écria le futur ministre, après
avoir achevé sa lecture.

— Un peu impérieux, peut-être.

— Qu'est-ce à dire, M. Bazile ?

suis-je le descendant des du Maigret, oui ou non ?

— Dieu me garde d'en douter !

— Mon père ne vous a-t-il pas recommandé de m'enseigner tout ce qu'il fallait que je susse pour être ministre ?

—Oui, monsieur, et je puis même vous assurer que vous en savez beaucoup plus qu'il n'en faut pour cela.

— Je le crois bien ! Et d'ailleurs, j'ai lu quelque part que les gens de condition savent tout sans jamais rien apprendre : il suffit qu'ils le veuillent ; car la volonté d'un homme comme il faut est et doit être la chose du monde la plus respectable, entendez-vous, M. Bazile ? Or puisque j'ai la volonté d'être ministre....

— C'est juste, monsieur, c'est très-juste : *fiat lux* !.... Vous avez une ex-cellente logique.

— Du tout, l'abbé, du tout! il n'y a pas de *luxe* là dedans. Quant à ce que vous appelez *logique*, je ne sais pas ce que c'est; mais il est certain qu'une excellence ne peut rien avoir que d'excellent. Maintenant, faites-moi le plaisir de m'accompagner ; car je tiens beaucoup à ce que ma lettre parvienne aujourd'hui.

A ces mots, l'abbé se leva, et nos héros sortirent de leur domicile.

CHAPITRE VII.

LES BATTUS PAIENT L'AMENDE.

Chrysostôme et son précepteur avaient fait à peine trente pas, lorsqu'ils se trouvèrent entourés d'une foule immense, qui faisait retentir l'air de ses cris; un grand nombre de jeunes gens qui faisaient partie de ce rassemblement, étaient armés de chaudrons sur lesquels ils frappaient sans relâche, ce qui augmentait le

vacarme, et contribuait à jeter la ter-
reur dans l'âme de l'abbé et du jeune
Chrysostôme.

M. Bazile, dit ce dernier, savez-
vous ce que tout cela signifie ?

— En vérité, monsieur, je n'y
conçois rien du tout : on serait tenté
de croire, en voyant ce qui se passe,
qus depuis deux jours les habitans de
Paris ont perdu la tête.

— On aurait tort, bonhomme, de
croire cela, s'écria un individu qui
faisait partie du rassemblement : loin
de perdre la raison, les Parisiens au
contraire commencent seulement à
la connaître.

— Bonhomme ! bonhomme ! re-
prit l'abbé, tout rouge de colère.......
depuis quand se permet-on de traiter

ainsi un membre de la première classe de l'état ?

— C'est, reprit l'inconnu, depuis que l'habit ne fait plus le moine. Au reste, nous allons tout-à-l'heure donner une leçon à ces gens qui croient avoir le droit de censurer la conduite d'autrui, et qui ne balancent pas à sacrifier l'intérêt général, à leur intérêt particulier. Cela vous apprendra à être moins prodigue de préceptes et moins avare d'exemples. Croyez-moi, corbleu! amendez-vous, car le temps est proche où il ne sera plus temps de se repentir !.....

— Quelle insolence ! s'écria Bazile : *ô tempora ! ô mores !*.... Vous entendez, M. du Maigret ?

— Que voulez-vous que j'entende, M. l'abbé ? cet homme-là vous parle en parabole, et vous lui répondez en langue de bréviaire, est-ce qu'un homme comme moi a besoin d'entendre quelque chose à ces balivernes ?

— C'est votre faute, vous n'avez jamais voulu apprendre le latin.

— Vous savez bien, M. Bazile, qu'on n'en a pas besoin pour être ministre ; et puis encore une fois, s'il suffit à un bon gentilhomme de *vouloir* pour *savoir*, il n'est pas nécessaire qu'il apprenne.

Chrysostôme parlait encore, lorsque l'abbé ayant tourné la tête, poussa un grand cri et fit l'un sur l'autre trois ou quatre signes de croix. Peu s'en fallut alors que du Maigret ne perdît connaissance ; il devint pâle, ses genoux fléchirent, il allait tomber, lorsque son précepteur le soutint.

— De grâce, monsieur, retirons-nous, dit Bazile, voyez-vous... voyez-vous ?.....

— Je ne vois rien, M. l'abbé, mais j'ai une terrible peur !.....

— Quoi ! vous ne voyez pas ces forcenés qui portent un cardinal sur leurs épaules, et qui font retentir l'air de leurs imprécations et de leurs blasphêmes ?

L'abbé ne se trompait pas. Au milieu de la foule, on remarquait un groupe de jeunes fous qui portaient sur leurs épaules, un manequin représentant le cardinal de Brienne, ex-ministre : on va le pendre, disaient les uns, il faut le brûler, disaient les autres. Il ne l'a pas volé! répétait en chœur la populace, qui augmentait d'une manière effrayante.

M. Bazile, comme on l'a vu, avait d'abord très-sagement pensé à la fuite; mais elle était bientôt devenue impraticable, à cause de la foule immense qui entourait nos personnages. Bon gré, mal gré, il fallut suivre le torrent. Enfin on arriva à la place Dauphine, où un grand feu fut aussitôt allumé pour l'autodafé du cardinal.

Bien que M. Bazile tremblât de tous ses membres, il laissa néanmoins échapper quelques exclamations : Quel épouvantable sacrilége! s'écriat-il à plusieurs reprises.

Qu'appèles-tu *sortilége,* dit un habitant des faubourgs en lui mettant le poing sous le nez ; apprends que nous n'sommes pas plus sorciers que toi !

— C'est juste ! vous êtes de braves gens, dit Chrysostôme mourant de peur ; mais pourquoi traitez-vous ainsi ce ministre ?

— Moi ! le diable m'emporte si j'en sais quelque chose ; mais les amis de nos amis sont nos amis, et le peuple français est là !..... Si j'ai un conseil à vous donner, c'est de dire et de faire comme les autres, ou bien gare la bombe !.....

Cet homme parlait encore lorsque le cri : *au feu le cardinal !* sembla partir de toutes les bouches à la fois, et à ce cri succédèrent ceux de *vivent les gardes françaises ! vivent les gardes suisses !* Les gens qui se trouvaient près de nos héros, s'apercevant qu'ils ne criaient pas, leur en firent des reproches. En pareil cas, de la menace à l'exécution, il n'y a pas loin, et les horions de toute espèce commençaient à pleuvoir sur le précepteur et l'élève, lorsque un détachement de la garde de Paris s'avança vers le lieu du rassemblement, afin de le dissiper, ce qui opéra une diversion favorable à nos héros, lesquels, dans ce moment couraient le risque de passer en personnes par où le ministre venait de passer en effigie, ce qui eût été supporter les charges, avant que de jouir des bénéfices. Chrysostôme, il est vrai, aspirait au portefeuille; mais il ne l'avait pas encore.

La lutte ne fut pas longue, entre le peuple et le faible détachement

que l'on avait envoyé pour arrêter le
désordre ; après quelques coups de
fusil, les soldats battirent en retraite,
et les mutins s'étant mis à leur pour-
suite, brûlèrent les guérites et les
corps de garde qui se trouvèrent sur
leur passage.

L'abbé Bazile et son noble élève,
qui avaient à plusieurs reprises, et
toujours sans succès, tenté de sortir
de la foule dans laquelle ils étaient
confondus, se disposaient à faire un
dernier effort, lorsque les cris recom-
mencèrent avec plus de violence ; au
même instant un fort détachement de
gardes françaises, secondé par quelques cavaliers, fondit sur les révoltés,
en dispersa un grand nombre, et en
arrêta quelques-uns. Pendant ce
temps, nos héros, mourant de peur,

gagnaient au large, de toute la vîtesse de leurs jambes : ils se croyaient sauvés..... Tout-à-coup une douzaine de soldats les entourent ; le caporal qui commande ce peloton, leur déclare qu'il les arrête au nom du Roi, et malgré toutes leurs réclamations, ils sont conduits chez un commissaire de police voisin du lieu de la scène.

— J'espère, M. le commissaire, dit Chrysostôme en entrant chez ce magistrat, que vous voudrez bien nous rendre promptement justice, en tançant vertement ces animaux qui ont eu l'insolence de nous confondre avec la populace contre laquelle on leur avait donné l'ordre de marcher.

Chrysostôme attendait en vain que le commissaire répondît à son interpellation, lorsque l'abbé Bazile, s'imaginant que son éloquence lui ferait avoir bon marché du magistrat, fit signe à son élève de se taire, puis roulant les yeux, joignant les mains, il entonna en faux bourdon, le discours suivant :

« Monsieur le commissaire, *pax* » *sit semper vobiscum*, c'est-à-dire: » ne faites jamais la guerre ; car c'est » une très-vilaine chose, une chose » terrible, une chose infâme, dont » le résultat est d'autant plus à crain- » dre, qu'il arrive souvent que les » bons paient pour les méchants : les » gens que d'ordinaire on emploie à » cela, crient comme des aveugles, » frappent comme des sourds et rai- » sonnent comme des pots : il sem- » ble que notre Sauveur parlait » d'eux, quand il dit : *aures habent*

» *et non audient; oculos habent et*
» *non videbunt.* Il est vrai qu'on ne
» saurait leur appliquer cet autre pas-
» sage : *pedes habent, et non ambu-*
» *labunt,* car nous les avons d'abord
» vu courir comme des lièvres...

— Sacrédié! s'écria le caporal en in-
terrompant M. Bazile, prends garde
à ce que tu dis : voilà un quart
d'heure que tu m'échauffes les oreilles, et je me sens une terrible déman-
geaison, de te faire taire avec le plat
de mon sabre.

— Mon ami, je répète les paroles
du Seigneur.

— Et moi, j'exécute les ordres du
sergent : chacun son métier.

La voix du caporal fit une telle
impression sur M. Bazile, qu'il de-

meura quelques instans sans qu'il
lui fût possible de continuer son discours ; enfin, il se remit un peu et
reprit ainsi :

« Je ne vous dirai pas, M. le com-
» missaire, *vide pedes, vide manus*;
» mais je vous dirai : voyez mes vê-
» temens ; examinez attentivement
» ce costume, et faites-moi l'amitié de
» me dire, si un homme de mon ca-
» ractère peut être raisonnablement
» accusé d'avoir aidé à brûler un car-
» dinal ?

— Non-seulement vous avez coo-
péré à cette action, répondit en se
levant, un homme que nos héros re-
connurent pour être celui qui les
avait abordés le matin aux Tuileries ;
mais je suis certain que vous êtes les

principaux moteurs des troubles de cette journée. Vous avez, ce matin, tenu publiquement des propos injurieux, contre la personne sacrée du Roi ; vous avez ensuite dîné dans une maison connue pour être le rendez-vous d'un grand nombre de factieux, et ce n'est que lorsque vous en êtes sorti, que les scènes tumultueuses ont commencé.

Ces paroles achevèrent de jeter l'épouvante dans l'âme de nos héros : il leur fut impossible d'articuler un seul mot, et l'illustre descendant des du Maigret, qui quelques heures auparavant se proposait de parler vertement à un roi, était maintenant bien petit garçon devant un commissaire de police.

— Qu'on les fouille, dit le magistrat.

Cet ordre fut exécuté à l'instant, les lettres dont Chrysostôme était porteur, furent déposées sur le bureau ; le commissaire les lut, et croyant avoir découvert une grande conspiration, il courut chez le lieutenant-général, qui lui donna l'ordre de faire conduire les deux prisonniers à la Bastille.

CHAPITRE VIII.

PREMIÈRE NUIT A LA BASTILLE.

Une heure ne s'était pas écoulée,
depuis que le commissaire avait reçu
l'ordre dont nous avons parlé, et déjà l'abbé Bazile et son élève étaient
sous les verroux d'une prison qui,
pour être destinée aux grands coupables, n'en était pas meilleure.

— Corbleu! s'écria Chrysostôme,
le roi de France est bien heureux de

n'être pas né quatre ou cinq cents ans plutôt ; tous les seigneurs suzerains, amis de mon père, n'eussent pas manqué de prendre les armes, pour venger l'offense faite à un brave gentilhomme, et nous eussions vu beau jeu !.... Je suis parfaitement de votre avis, l'abbé, je pense comme vous, que la guerre est une très-vilaine chose ; mais c'est seulement quand on n'est pas les plus forts. Il est certainement très-agréable d'avoir toujours raison, et quand on peut armer cent mille hommes, il est impossible que l'on ait tort. Les baïonnettes, comme vous avez pu le voir tantôt, sont des argumens auxquels on ne résiste guère

— Tout ce que vous dites là est fort sensé, répondit M. Bazile ; mais malheureusement vous ne raisonnez pas toujours aussi bien, et vous conviendrez que si nous sommes ici, c'est bien un peu votre faute.

— Qu'est-ce à dire, l'abbé !...... Il vous appartient bien de faire des reproches à un gentilhomme !....

— Doucement ! s'il vous plaît, M. Chrysostôme : tant que votre père m'a payé pour vous instruire, j'ai dû supporter ce langage orgueilleux ; tant que bercé de l'espoir d'être ministre, vous m'avez promis une place et de bons appointemens, j'ai à peine hasardé quelques observations ; mais puisque vos exploits, loin de nous faire arriver au faîte du pouvoir, ne nous ont conduit qu'à la Bastille, je veux un peu vous dire votre fait. Sa-

chez donc, M. l'excellence en pers-
pective, que le clergé est la première
classe de l'état, et que par conséquent j'ai le pas sur vous. Depuis que
nous sommes arrivés à Paris, vous
n'avez fait que des bévues, et Dieu
sait où cela nous conduira. Croyez-
vous donc que je doive me trouver
heureux d'être en prison parce que
votre père a rêvé que vous deviez être
ministre ? Nous autres gens d'esprit,
nous tenons beaucoup aux faveurs
des grands ; mais s'ils font des sotti-
ses, nous ne les buvons pas. Au reste,
puisque vous prétendez que les baïonnettes raisonnent bien, faites-en pro-
vision ; car vous en avez besoin.

— L'abbé ! l'abbé ! s'écria Chrysostôme furieux, vous êtes bien heureux d'être en prison !...... sans cela,

foi de gentilhomme normand, vous
paieriez cher votre insolence !...

— Calmez-vous, *Monseigneur*,
reprit Bazile avec un sourire ironi-
que ; ce grand courroux n'est pas de
saison : vous n'étiez pas tantôt si terrible, au milieu de la bagarre.

Chrysostôme ne repliqua point ; la
colère l'étouffait : il se promena quelques minutes, de long en large, puis
ayant remarqué une petite table sur
laquelle se trouvait tout ce qu'il fallait pour écrire, il s'en approcha, ré-
fléchit quelques instans, et écrivit à
son père la lettre suivante.

« Mon cher Père,

» Non-seulement je ne suis pas en-
» core ministre ; mais il paraît pres-

» que certain que je ne le serai pas.
» Cependant j'ai plus que jamais be-
» soin de le devenir, car je n'ai plus
» d'argent, et j'ai l'intention de faire
» pendre une trentaine de mauvais
» garnemens, l'abbé Bazile compris.
» Devinez, mon cher père, où je suis
» maintenant..... je vous le donne en
» mille, et je parie que vous ne le
» devinez pas !.... Hé bien, je suis à
» la Bastille ! il n'y a peut-être pas,
» de là au ministère, si loin qu'on
» pourrait le croire : nous verrons !
    » Il me paraît, mon cher père, que
» vous ne connaissez pas trop les usa-
» ges de la cour; car vous ne m'aviez
» pas prévenu qu'on n'entrait pas
» chez le roi, sans la permission
» d'une douzaine d'insolentes senti-
» nelles, qui vous tueraient un du

» Maigret sans plus de cérémonie,
» que vous n'en faites pour tuer un
» lièvre. N'allez pas croire, cepen-
» dant, que j'aie en quelque chose
» compromis l'honneur de notre
» maison ; je l'ai, au contraire, sou-
» tenu à mes risques et périls, et j'ai
» dit hautement tout ce que je pen-
» sais. Ce fut alors que j'appris des
» choses tellement extraordinaires,
» que je suis sûr que vous ne les
» croirez pas du premier coup. Vous
» pensez peut-être, mon cher père,
» que le roi de France, en bon gen-
» tilhomme, ne fait rien que s'amu-
» ser, et que le plaisir est son unique
» occupation. Hé bien, si vous pen-
» sez cela, vous avez tort ; il est vrai
» que dans le bon temps, il en était
» ainsi ; mais aujourd'hui, c'est au-

» tre chose : on m'a assuré ce matin
» que le roi travaillait autant que le
» dernier de ses sujets. Je désire fort
» que l'on ne m'ait pas dit la vérité
» à cet égard; car je sens que vous
» ne pourriez jamais consentir à ce
» que votre fils, l'unique héritier de
» votre grand nom, Chrysostôme du
» Maigret, soit le ministre d'un roi
» qui travaille, et par conséquent,
» déroge.

» Au reste, mon cher père, je
» dois vous avouer que la noble am-
» bition qui m'animait, est considé-
» rablement refroidie depuis vingt-
» quatre heures. En effet, comment
» pourrait-on ambitionner un minis-
» tère, dans un pays où l'on brûle
» les ministres ?...... Oui, mon cher
» père, on les brûle, et je puis vous

» garantir ce fait, car je l'ai vu, vu
» de mes propres yeux; il s'en est
» même très-peu fallu que, dans
» cette occasion, votre postérité n'ait
» été anéantie dans la personne de
» votre unique héritier. Heureuse-
» ment, j'en ai été quitte pour quel-
» ques gourmades, et je suis main-
» tenant, ainsi que j'ai eu l'honneur
» de vous le dire, prisonnier à la
» Bastille, où l'abbé Bazile, mon
» précepteur, s'est avisé de m'ou-
» trager.

 » Je ne doute pas, mon cher pè-
» re, qu'aussitôt la présente reçue,
» vous ne vous occupiez de me faire
» mettre en liberté, de force ou de
» gré, et de faire châtier l'abbé com-
» me il le mérite.

 Chrysostôme relut dix fois cette

épître, et il était à chaque fois plus enchanté de lui-même ; jamais il ne s'était trouvé autant d'esprit. Enfin, il venait de plier la lettre, lorsque le bruit des verroux se fit entendre ; un homme à l'air rebarbatif entra, et ordonna aux prisonniers de le suivre. Cet homme portait une lanterne ; mais il la tenait de telle sorte, que nos héros ne pouvaient se conduire, et ils faillirent vingt fois se rompre le cou, en descendant l'escalier qui conduisait à leur prison. Ils arrivèrent bientôt dans un corridor assez large, au bout duquel était une porte que le conducteur ouvrit, et par laquelle il leur fit signe de passer : Chrysostôme se rappelant en ce moment les prétentions de l'abbé, s'avança pour passer le premier ; mais M. Bazile

qui n'avait pas plus que son élève,
oublié la scène qui s'était passée quelques instans auparavant, et qui voulait une fois encore rabattre l'orgueil
du jeune du Maigret, le retint par la
basque de son habit, lui fit faire
deux pas à reculons et passa le premier.

— L'abbé! l'abbé! s'écria Chrysostôme hors de lui-même, je vous
jure, foi de gentilhomme, que vous
paierez cher cette offense!

— Ne vous ai-je pas dit, répondit
tranquillement Bazile, ne vous ai-je
pas dit que le clergé devait avoir le
pas sur la noblesse? Au reste, mon
cher élève, je vous engage à vous
modérer; car si quelqu'un vous voyait
en cet état, cela ne donnerait pas de
celui qui a fait votre éducation, une

idée très-favorable, et pourtant, Dieu sait quelle peine j'ai prise pour faire de vous, quelque chose de supportable !...... Soyez poli, mon cher ami, puisque vous ne pouvez être ministre........ c'est dommage pourtant, car vous semblez en vérité être taillé tout exprès, pour faire une excellence....

— L'impertinent! criait Chrysostôme, l'impertinent, manquer ainsi à son seigneur! à un gentilhomme qui lui a fait l'honneur d'écouter ses baliverness pendant quinze ans, et de recevoir quotidiennement le fouet de ses mains, pendant dix-huit mois !....

C'était une habitation très-agréable que la Bastille; on était là entouré de bons voisins, bien armés, et toujours disposés à prêter main

forté aux plus forts. Aux cris du geo-
lier, une douzaine de ces braves gens
accoururent avec des flambeaux, et
avant de s'informer de quoi il était
question, ils commencèrent par mettre les menottes à nos héros. Ce fut
dans cet état qu'on les conduisit dans
une salle, où un magistrat devait les
interroger.

L'abbé Bazile, malgré les cris de
son élève, n'en avait pas voulu dé-
mordre; il marchait le premier, en
faisant de temps en temps une laide
grimace, que lui arrachait l'instru-
ment dont on avait garni ses poignets.
Chrysostôme venait ensuite, d'un air
triomphant : alors commença l'interrogatoire que nous allons rapporter.

LE MAGISTRAT.

Comment vous appelez-vous ?

L'ABBÉ.

Je m'appelle....

CHRYSOSTÔME.

Taisez-vous, vilain !.... Monsieur, je me nomme Chrysostôme du Maigret ; je descends en droite ligne, de l'un des officiers de Guillaume-le-conquérant, et cet homme qui veut avoir le pas sur moi, n'est qu'un valet à mes gages.

L'ABBÉ.

M. le magistrat, je demande acte de cette injure.

LE MAGISTRAT.

Que veniez-vous faire à Paris.

L'ABBÉ.

Je m'étais chargé de guider les premiers pas de ce jeune homme, qui me doit les connaissances qu'il possède.

CHRYSOSTÔME.

M. le magistrat, ceci est un men-

songe : je vous jure, foi de gentilhomme, que ces connaissances-là
lui ont été régulièrement payées à
raison de cent écus par an, et c'est
en vérité quatre fois plus qu'elles ne
valent, puisqu'elles ne m'ont encore
servi qu'à me faire emprisonner.

LE MAGISTRAT.

Chrysostôme du Maigret, que veniez-vous faire à Paris.

CHRYSOSTÔME.

Je voulais rendre service au
roi, en lui proposant d'être son
ministre.

LE MAGISTRAT.

Voilà une grande impertinence !...

CHRYSOSTÔME.

Apprenez, M. le magistrat, que j'ai quatre fois autant de talent qu'il en faut pour être ministre, et si vous ne m'en croyez pas, demandez cela à l'abbé qui m'a, pendant quinze ans, vendu de l'éducation à un louis par mois.

L'ABBÉ.

A cela je réponds : *quid inter nos ?*

CHRYSOSTÔME.

M. Bazile, ce n'est pas ici le cas
de parler en style de bréviaire : vous
savez bien que je n'entends pas ce
jargon là. Ce qu'il y a de certain ,
c'est que vous avez été payé pour me
donner de l'esprit, et je ne vous con-
seille pas de dire que vous n'avez pas
gagné l'argent que vous avez reçu ;
car le seigneur du Maigret, mon père, serait capable de vous faire couper les oreilles.

Le magistrat à qui cette singulière
discussion avait déjà arraché plus
d'un sourire, fit retirer l'abbé, et
lorsqu'il eut interrogé l'un après l'autre ces deux personnages, il demeura

convaincu qu'ils n'étaient pour rien, dans l'échauffourée de la place Dauphine ; mais comme le parlement s'était emparé de cette affaire, qu'il avait demandé au roi la mise en liberté de toutes les personnes arrêtées à l'occasion des troubles, et que le roi l'avait refusée, nos héros furent renvoyés dans leur prison, jusqu'à ce qu'il en fût autrement ordonné.

— L'abbé, dit Chrysostôme à son précepteur, votre conduite sera, je l'espère, bientôt jugée, et mon père ne manquera pas de la récompenser comme elle mérite de l'être. Parce que vous avez vu des gens brûler un cardinal, vous avez pensé qu'un abbé de village pouvait impunément outrager un brave gentilhomme, et parce que vous parlez latin, vous croyez avoir plus d'esprit qu'un seigneur français; mais, mon cher, rira bien qui rira le dernier, et foi de gentil-homme ce ne sera pas vous !.....

FIN DU PREMIER VOLUME.

TABLE

DES CHAPITRES.

———

FIN DE LA TABLE.

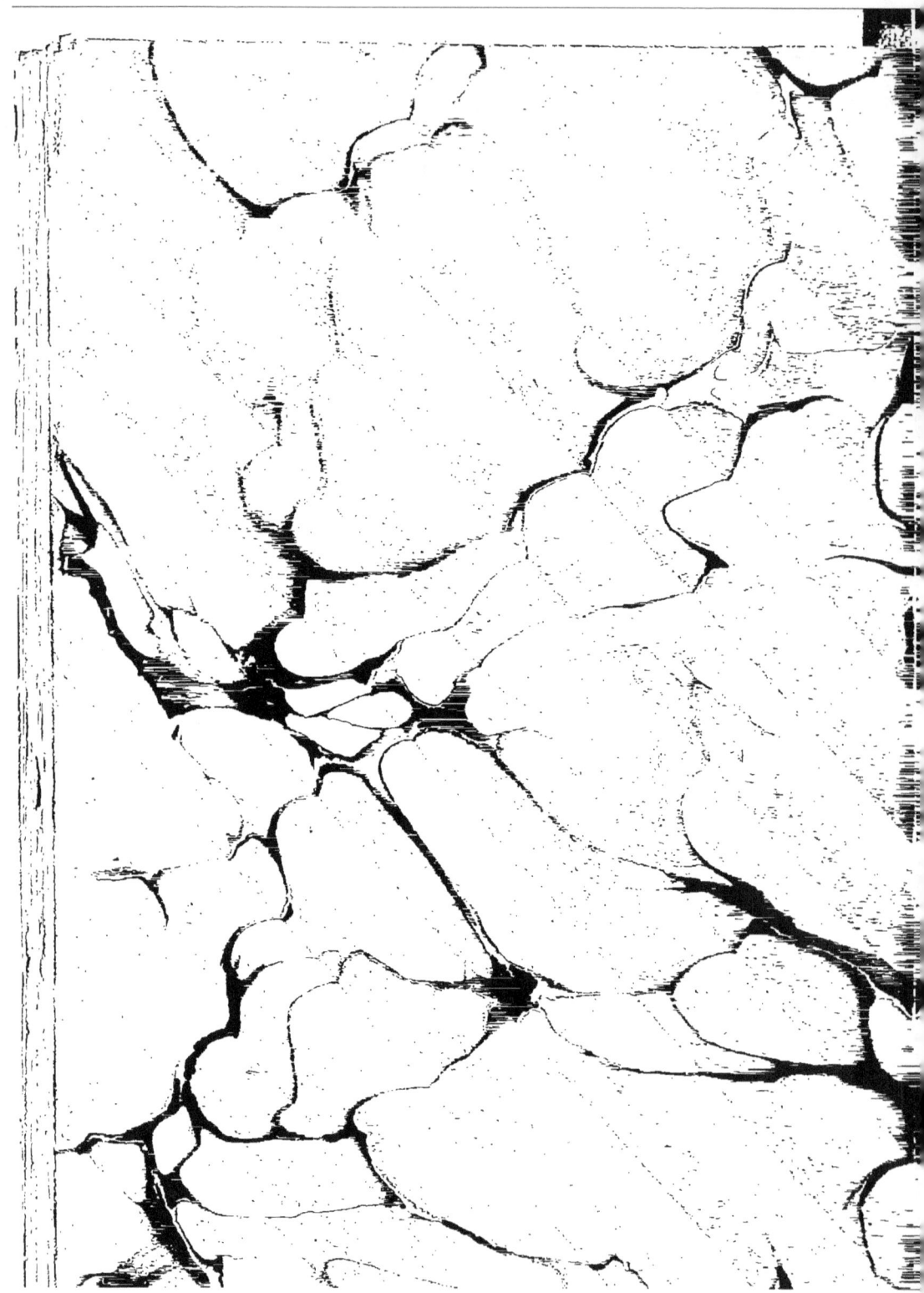

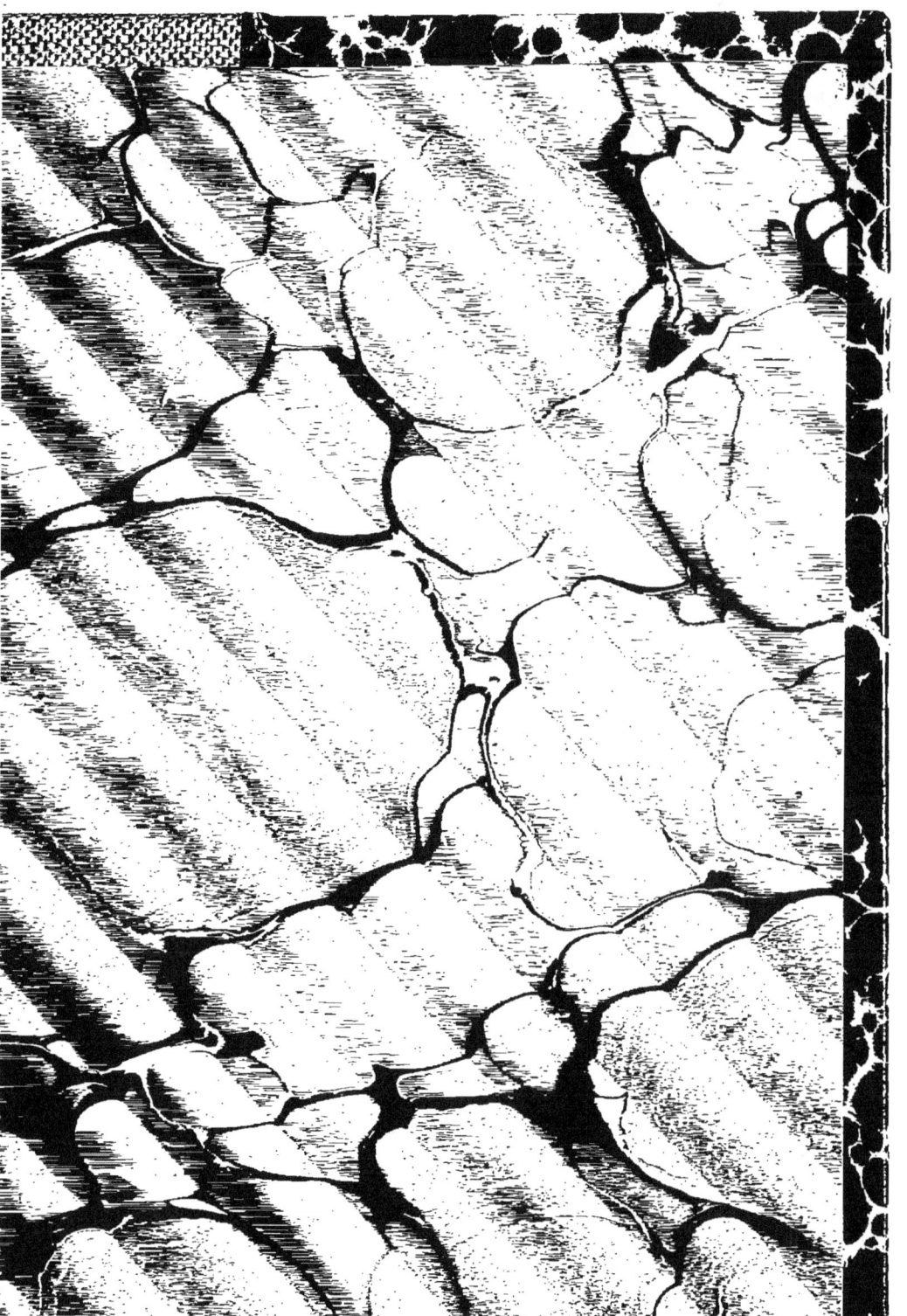

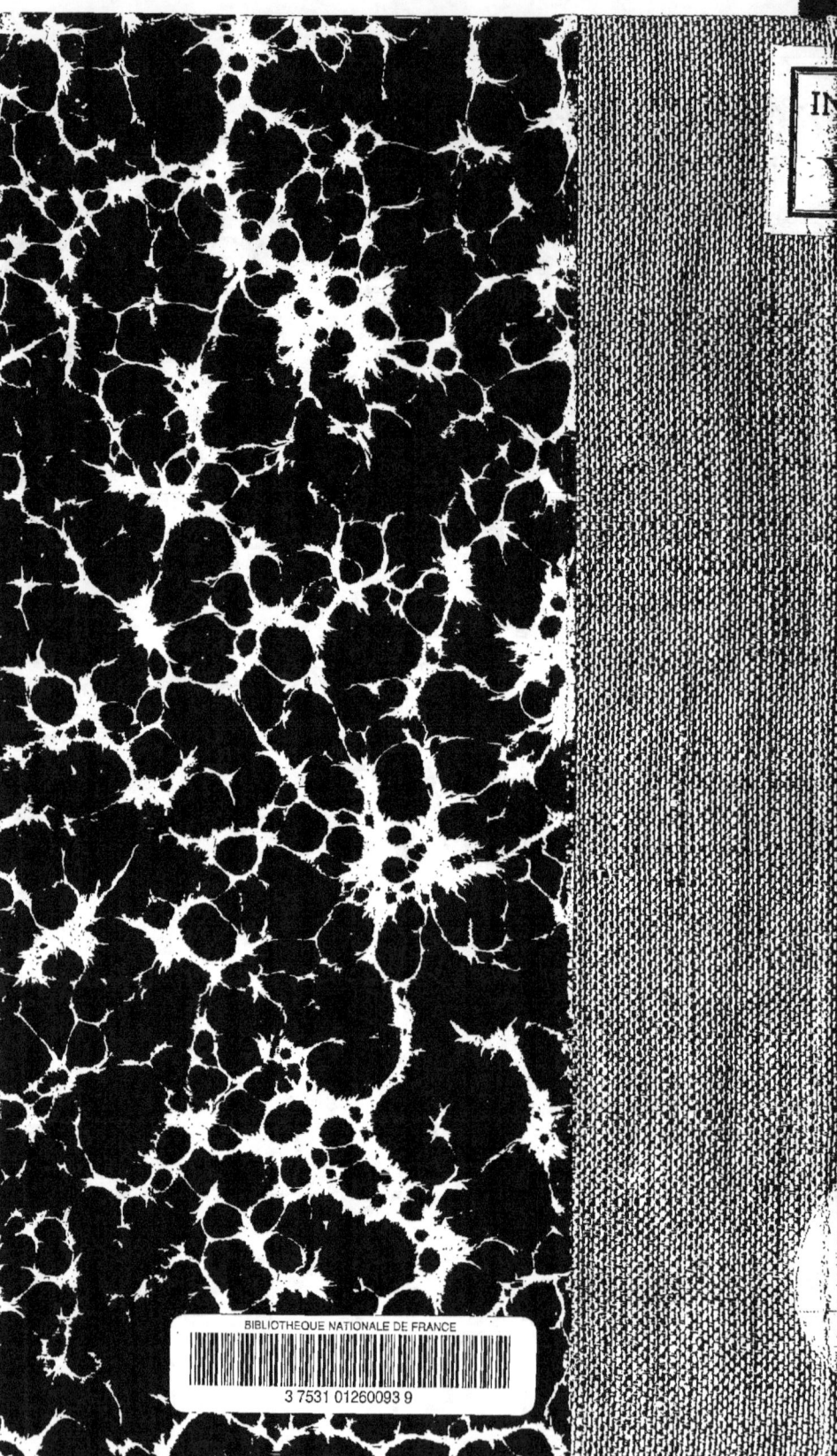